巷弄間的妖怪們
綾櫛小巷加納裱褙店
ろじうらのあやかしたち
行田尚希
U0127501

❖目次❖

巷弄間的妖怪們

❖ろじうらのあやかしたち❖

行田尚希

綾櫛小巷加納裱褙店

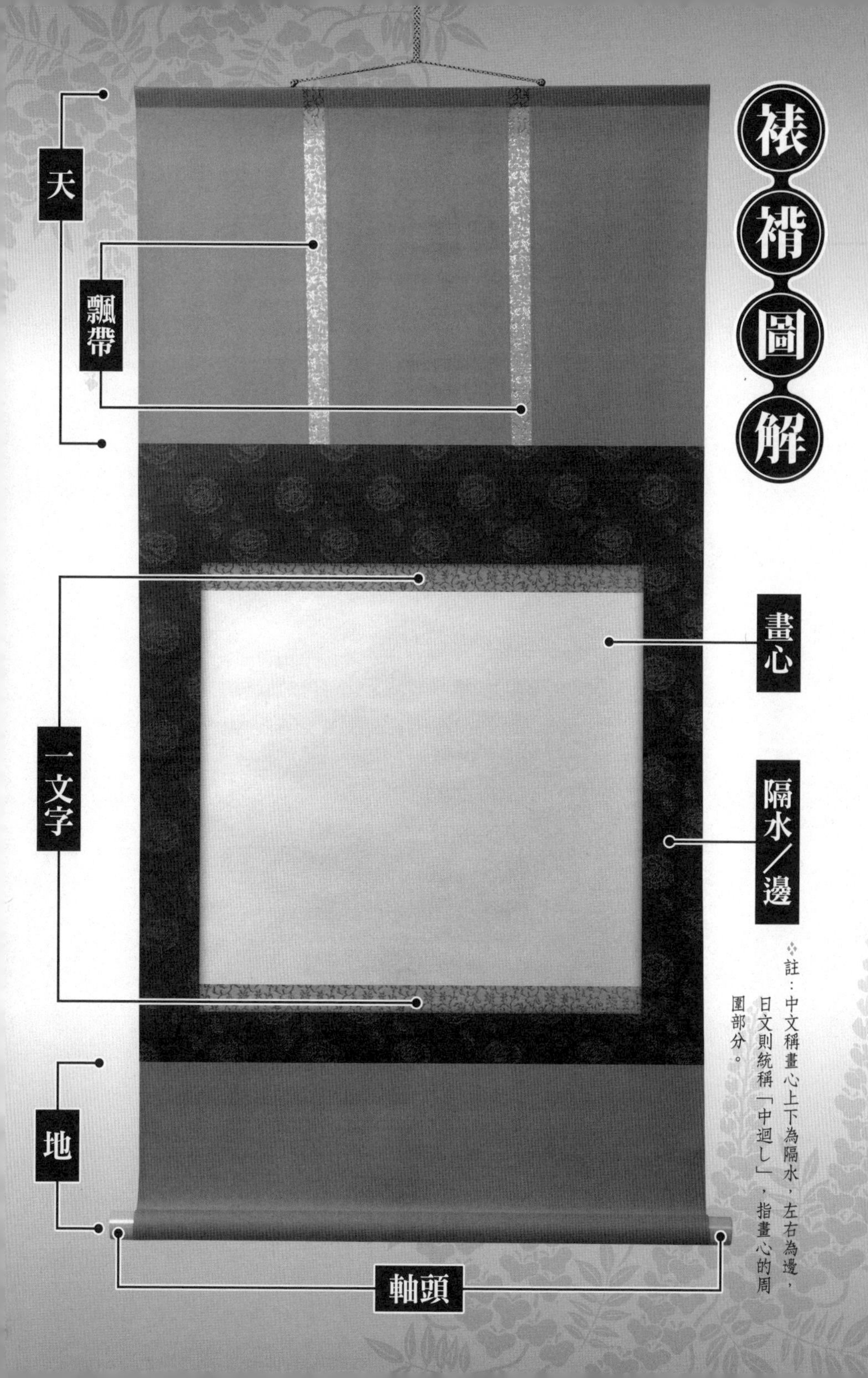
裱褙圖解
天
飄帶
一文字
畫心
隔水／邊
地
軸頭
註：中文稱畫心上下為隔水，左右為邊，日文則統稱「中迴し」，指畫心的周圍部分。

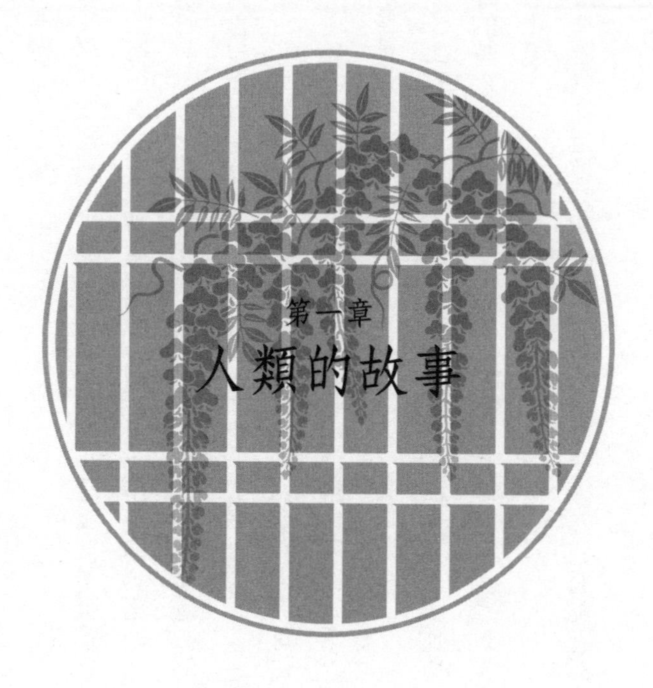

第一章

人類的故事

有條街道叫做玉響通。

搭上東京發車的慢速列車，隨車搖晃約兩個小時，便可抵達這個不是大城市，卻也不算非常鄉下，一個不上不下的地方。沿著站前馬路行走一小段路，第一個紅綠燈右轉就能馬上找到。

因地處交通要衝，以前相當繁榮，即便現在也仍保留著過去的榮景，到處都有歷史悠久的老店鋪。木造的古民宅櫛比鱗次，說好聽一點是充滿昔日風情，說難聽一點就是老舊而寂寥的街道。話雖如此，這裡也不是完全無人走動，由於日式點心店仍有熟客頻繁造訪，因此常有老人家在路邊聊天。同時這裡也是小學生上下學的必經之路，所以也不乏背著書包的小孩走來走去。

不過，這些都是白天的光景。

我看了看手上被路燈光線照亮的手錶。現在的時間是凌晨兩點，也就是所謂的丑時三刻，連草木都已入睡的時刻。這附近——玉響通附近除了一盞又一盞的路燈燈光之外，其他全是一片漆黑，什麼也看不見。

說到我為什麼會在這種時間來到這個地方，是因為我有點在意白天在學校裡，從森島口中聽來的話。

「欸、欸，洸之介。」

午休時間，森島右手握著飯糰，左手拿著寶特瓶裝的碳酸果汁，吃著這兩個可說是最糟糕的午餐組合，占據著我前面座位的椅子，說道：

「聽說那條街上會有東西跑出來喔。」

「有東西跑出來，什麼東西？」

「幽靈呀，幽靈！聽說那附近的土地啊，好像非常容易聚集幽靈喔。不過，到目前為止都沒聽說過這件事吧？我們明明在這裡住了十六年耶。」

森島一口氣喝了半瓶碳酸果汁，大喊一聲：「噗哈！果然就是要喝這個！」你是正在喝啤酒的大叔嗎？

「的確沒聽過呢。」

「對吧、對吧？聽說那附近真的有幽靈四處遊蕩。可是啊，街道正中央不是有間賣香菸的小店嗎？有個阿婆一直坐在裡面。」

如同森島所說，那裡的確有間年代久遠的香菸舖。店主是個目測年齡大約超過八十歲的阿婆，而她最有名的地方，就是幾乎讓人誤認成擺飾般文風不動的模樣。

「那間香菸舖旁邊，有條小巷子。」

「有那種東西嗎？」

「真的有啊。聽說那條小巷裡，住著一隻身邊環繞著許多幽靈的大妖怪。那隻大妖怪好像比

較偏好人類，只要提出委託，就會幫忙把麻煩的幽靈或妖怪打得遠遠的！哎呀，就是那個啦，像眼球老爹一樣。」

「眼球老爹才不會把幽靈打飛出去呢。」

「是嗎？那麼就是類似鬼太郎之類的妖怪了。」

森島像平常一樣隨口亂說，大口咬下手中的飯糰。

「所以你到底想講什麼？」

「你就去找它商量看看吧。去找那個大妖怪。」

「啊？」

「你之前不是有說嗎？到了半夜，你老爸的房間就會發出聲音，而且還因此睡不著覺。」

沒錯，我的確有說過。我用半開玩笑的口氣說：「最近發生這樣的事，實在很傷腦筋。」但是那時，大家似乎都不相信，所以我以為森島應該也是如此。想不到他竟然會這麼認真地相信這件事，老實說我很驚訝。

「據說那條小巷叫做綾櫛小巷。因為那條路真的非常小，建議趁白天的時候先去偵查一下比較好。另外，如果要和大妖怪見面，就一定要在丑時三刻抵達才行。啊，你知道丑時三刻是幾點嗎？就是半夜兩點到兩點半這段時間喔。」

森島提出了這樣的建議，他臉上的光采興奮得令人生厭，所以我立刻掌握到他背地裡打的是什麼主意。

「你是等著看好戲吧？」

「才沒這回事！我啊，只是在擔心我煩惱不已的朋友，希望他能夠順利解決問題，從此過著優雅的高中生活……哎呀，總之你就去看看吧！之後要記得詳細報告整件事的來龍去脈喔！」

「果然是在等著看好戲嘛！要去你就自己去啦！」

「沒關係、沒關係啦！反正機會難得啊。再說我又沒有因為幽靈而煩惱。老實說，我一直懷疑大妖怪就是那個香菸舖的阿婆。話說之前三年級的學長想要偷偷溜進那條小巷裡，結果被阿婆狠狠罵了一頓。聽說那張臉啊，眼睛吊得像妖怪，聲音又沙啞，都快把人嚇死了呢。」

「那應該是因為學長想擅自闖進私人土地，所以才會被罵吧？」

我語帶厭惡地回答，但是森島的妄想並沒有因此停止。

「她的真面目說不定是活了好幾百年的狐狸精？或者是狸貓，撒砂婆婆、洗豆妖、滑頭鬼！啊，也有可能是貓又，不過應該不可能是雪女吧。」

森島看似非常開心，將原本細長的眼睛瞇得更細，嘻嘻嘻地笑了起來。

「雖然實在無關緊要，不過你那些消息到底是從哪聽來的？」

「嘿嘿嘿，這就不能告訴你了……不過，這是我這個全校第一情報王說出來的消息，絕對不會錯啦！」

森島邊說邊用力拍著我的肩膀。很痛。

說什麼情報王，之前大放厥詞說班導里中要在下個月結婚，最後被全班同學罵得半死的人是誰啊？而且里中做的事情不是結婚而是相親，最後甚至是以失敗收場，那等於是在他的傷口上撒鹽。當時明明費了好大一番功夫安慰老師，這傢伙根本沒學到教訓吧？我一邊這麼想，一邊適時地結束話題。

我當然不相信森島的這番話。

不過，我當初半開玩笑地告訴同學的事情確實是真的，而且還讓人相當困擾。我每天晚上都無法入眠，已經走投無路了。如今就像救命的最後一根稻草，連吹牛大王森島所說的話，我也想試著相信看看。這實在讓人懊惱。

我又看了一次手錶，時間是凌晨兩點五分。

森島所說的、香菸舖旁邊的小巷——綾櫛小巷，我朝裡面偷偷看了一眼。那真的是一條非常窄的巷弄，裡面當然沒有任何街燈。可能是因為天空中籠罩著一層薄薄雲霧，連月光都照不下來，黑得像是倒進了墨汁一般。別說是人了，就連生物的氣息都感覺不到。當然，也沒有其他任何東西的氣息。

（果然只是謠言吧……）

唉。當我邊嘆氣邊準備回家的時候，小巷裡突然輕輕傳來一聲「喵」。我再看一眼，發現兩顆杏仁形狀的眼睛，彷彿用利刃切開黑暗一般冒了出來。

右邊是如同盛夏海洋般的湛藍，左邊則是宛如春季新芽似的碧綠。可能是我的眼睛已經習慣了黑暗，貓的輪廓開始以那對眼睛為中心，漸漸浮現了出來。毛色和黑夜一般漆黑的貓，搖著牠長長的尾巴，咕溜溜地轉身背對我。然後再次回頭，對著我「喵」了一聲。

——跟我來。

感覺牠似乎正在對我這麼說。我做了一個深呼吸，然後踏進了綾櫛小巷。

跟在黑貓身後的時間，感覺異樣地漫長。

這附近有許多歷史悠久的街道和小路，每一條都極度錯綜複雜。就連這條綾櫛小巷，明明長度應該不長，不過可能是因為看不到終點的關係，讓人有種不小心闖進迷宮的錯覺。

黑暗當中，我為了不跟丟黑貓的小小背影，正努力向前邁進時，一陣陣熱鬧的傳統鼓樂聲逐漸傳入耳中。

現在這個時間在敲鑼打鼓？不會吵到附近鄰居嗎？我疑惑地歪著頭。笛子和太鼓的輕快聲響漸漸變大，漆黑的夜空當中也出現了燈光。和日光燈蒼白刺眼的光線不同，那是更加朦朧的燈光。會是燈籠嗎？還是蠟燭的燭光呢？

黑貓的步伐極快，所以我也跟著加快了腳步。這時，眼前突然出現了一道木門，黑貓立刻從

木門旁邊的欄杆細縫中鑽了進去。

「打開這個嗎？」

我伸手推了推木製的大門。隨著一陣刺耳的嘰嘰聲，木門動了起來。

「……動了耶。真的假的？」

這時，我稍微猶豫了起來。有門，就表示門後是私人土地，而自己是在深夜偷偷潛入，這不就成了非法入侵嗎？是犯罪吧。再說，自己心裡也有點擔心門後到底有些什麼。鼓樂聲是從門後不遠處傳來的，而且還有許多類似人聲的聲音。既然門後飄蕩著詭異的氣氛，正常來說都會猶豫到底該不該進去。

「不過，既然都來到這裡了。」

這是吹牛大王森島掌握到的傳聞，所以肯定是無憑無據的吧。而且自己又是半夜溜出家門來到這麼遠的地方，不能白跑。下定決心後，我推開了木門——然後就這麼愣住了。

不絕於耳的祭典鼓樂聲，漂浮在夜空中的紅白色燈籠，在燈光之下，排列著許多路邊攤和各種旗幟，身穿和服的身影們手裡拿著酒杯，正和樂融融地大聲聊天。如果只有這樣的話，還算是普通祭典常見的光景。

但是那些穿著和服、酩酊大醉的，是貓、狸貓、狐狸、鼬鼠，還有烏鴉。路邊攤裡，看似黑影的東西正在蠢蠢欲動，遠方的笛子和太鼓的鼓棒，明明沒人操縱，卻自行上上下下動個不停。

另外，在燈籠之間閃動的火焰是──

「那是……鬼火嗎？」

我輕聲這麼一說，旁邊正在喝酒的團體中，一隻身穿甚平（註1）的鼬鼠開口說話了。

「喔，為什麼有人類跑進來了？」

穿著浴衣的貓和狐狸也接著說道。

「小哥，你是怎麼進來這裡的？」

「是環小姐招待你來的嗎？」

「有什麼關係。人類的客人可是很少見的，這也是一種緣分啊。對吧？小哥。」

「不、不是的。」

「哎哎哎，別客氣了。來這裡一起喝一杯吧！」

鼬鼠舉起了與身高相襯的小小酒壺，可以從牠身上聞到強烈的酒臭味。

「那個，我還未成年。」

「別在意這點小事啦。像我，出生第一年就開始喝酒了呢！」

「那是因為你是鼬鼠吧～」

註1：男性或小男孩穿的輕便和服。

「發育成熟的速度不一樣啊。」

貓和狐狸開始取笑牠，而鼬鼠也馬上頂了回去：「就說不要在意這種小事了，會禿頭的！」同時吐了一口口水。

當我正在煩惱應該如何面對腳邊展開的一來一往時，一個颯爽的聲音，像是打斷他們的對話一般響了起來。

「——這是怎麼了？」

我反射性地抬頭。

一整排路邊攤的對面——一棟看似木造商店的建築物裡，走出一位訝異地歪著頭的女性。

年紀比我稍長，大概是二十歲左右吧。充滿光澤的黑色直髮，用一條紅色細繩綁在耳邊。肌膚彷彿與黑髮相互對比一般白皙，包圍在纖長睫毛之中的黑色大眼睛，正筆直地朝著我的方向看來。包裹在纖細身體上的，是白色與紫色漸層的藤花圖案和服，腰帶則是亮眼的天藍色。

看到她的瞬間，我的第一個疑問是：她是人類嗎？雖然有部分原因是自己才剛看到一群穿著和服說話的動物，不過同時也是因為她的容貌美得像是從畫裡走出來，帶著某種非人類的感覺。

被她那雙大大的眼睛盯著看，我的臉倏地熱了起來，心臟也跳得飛快。

我一直站著不動，於是腳邊的鼬鼠開始說起風涼話。

「哈哈哈，這個小鬼，看環小姐看到呆了呢。」

「咦咦？」

「我懂你的心情，畢竟我也是個男人啊！一看到這種傾國傾城的美貌，當然會呆住的嘛～」

鼬鼠用手肘不斷頂著我的腳。完全就是個喝醉酒的大叔，而且那就像用針尖正中要害似的，感覺挺痛的。

「環小姐，怎麼了嗎？」

那個女人身後又出現了另一個人，我也跟著再吃了一驚。因為這次雖然是個年輕男人，不過一頭茶色頭髮和深邃的五官，感覺又是一副從時裝雜誌裡走出來的長相。和那個女人——環小姐截然不同，男人身上穿著現代年輕男性會穿的襯衫以及牛仔褲，但是兩人站在一起卻又奇妙地相配，實在非常不可思議。

此外，動物們的反應也很截然不同。

「不關你的事啦，阿樹！給我滾一邊去！」

「這個沒用的傢伙！」

「全族之恥啊！」

動物們一邊叫罵著汙言穢語，一邊把手裡的酒杯、酒壺和生魚片的裝飾用配菜朝男人扔去。

「不要丟東西啦！很痛耶！」

「就是為了痛死你才丟的啊！」

一點也不把吵鬧不休的動物以及年輕男子的處境放在心上的環小姐，輕輕「嗯哼」了一聲。

「沒有受到招待的外人，竟然闖到這麼裡面來了……是妳搞的鬼嗎，揚羽？」

她對著我發問。而這個問題的回答立刻從我身後不遠處響起。

「因為他看著這裡，露出求助無門的表情嘛。」

「嗚哇！」

我很沒面子地被這聲音嚇到而跳了起來。站在我身後的，是個身穿格子短裙，搭配茶色上衣的女生。就我來看，這是隨處可見的女高中生打扮。有一頭齊肩的黑髮，戴著耳環。從她像是把眼睛圍了一圈的濃厚眼妝來看，可以知道她在女高中生當中算是比較引人注目的類型。

不過最讓我訝異的，還是她的眼睛。一藍一綠的雙色眼睛，和剛才的黑貓一模一樣。

（怎麼可能。）

我用力搖頭，把腦中的想法甩開。這只是碰巧，是偶然，那肯定是彩色隱形眼鏡吧。嗯，因為她的眼睛與其說是貓眼，形狀更像是下垂眼，是不一樣的。

女高中生一點也不在意我詭異的舉動，繼續對著環小姐說道。

「感覺他和平常那些湊熱鬧的人不一樣。而且今天剛好是開市的日子，所以我覺得這應該是某種緣分。這樣做不好嗎？」

女高中生瞇著眼睛笑了。對此，環小姐只聳了聳肩。

「沒什麼不好。畢竟是妳做出了這個判斷呀。」環小姐把視線移到我身上。「所以，你為什麼在這種時候，跑到這個地方來呢？」

「那是因為……」

不知道什麼時候，原本在腳邊大吵大鬧的動物們全都安靜下來了。和牠們爭吵的年輕男子也一直盯著我看。發現所有人都在注視我之後，我有點緊張起來。

「那個，我在學校聽到一些傳聞……請問，大妖怪指的就是妳嗎？」

連鼓樂聲都停止了，周圍陷入一片寂靜。我無意識間就說出口，不過這大概是說錯話了吧？大概非常沒禮貌吧？就像是試著說笑話卻陷入冷場一般，一種不舒服的感覺包圍住全身，我開始不斷冒冷汗。

打破這份令人窒息的沉默，是環小姐的大笑。

「啊哈哈！不，我才不是什麼大妖怪呢。」

「是、是嗎？」

詭異的氣氛立刻消失無蹤，我不由得鬆了一口氣。

說的也是，肯定是人類嘛。不管是環小姐，或是那個叫做阿樹的年輕男子，還有名叫揚羽的女高中生，只是因為擁有超凡脫俗的容貌和氣質，所以才會讓我一時出現這種錯覺。不過人類當中也有各式各樣的人啊，這裡只不過是聚集了幾個外表比較顯眼的人罷了。雖然周圍還有一群會

說話的動物就是了。

「你呀，要是見到了那個大妖怪，打算做什麼呢？不會是想要驅除它吧？」

「不是的，因為我家最近出現了某種麻煩的……應該說是靈異現象嗎？總之就是發生了詭異的事，所以想要找人商量看看……」

我越說越覺得不好意思，聲音也越來越細不可聞。

「什麼啊，是出現幽靈了嗎？還是說你被狐狸或狸貓捉弄了呢？」

「其實我不知道是幽靈還是狐狸還是狸貓——」

我頓了一頓。因為我還在猶豫到底該不該把這件事情告訴初次見面的人。

「——是畫動起來了。」

「畫？」

環小姐秀麗的眉毛皺了起來。我微微點頭。

結果環小姐像是陷入沉思，用白皙的手抵著下巴。然後問我：「你是學生？叫什麼名字？」

「我叫小幡洸之介。是這附近的結之丘高中二年級學生。」

「是嗎。那麼，洸之介。」

光是聽到環小姐呼喊我的名字，我就忍不住全身一震。

「現在很晚了，已經不是小孩子在外遊蕩的時間，你的家人一定很擔心。我會幫你傳話的，今天就先回去，等明天白天再過來吧。雖然我不是大妖怪，不過說不定可以幫上一點忙。」

說完，環小姐如花一般燦爛地笑了。

這就是我和他們初次相遇的經過。

隔天放學後，我直接穿著制服前往綾櫛小巷。上課期間，以及現在走在路上，我都一直在想昨天那件事搞不好只是一場夢也說不定。因為有鬼火，還有自行動作的笛子和鼓棒，再加上會說話的動物之類的，這些應該只會發生在夢境或是妄想世界裡吧。

可是，以一場夢來說，這也未免太鮮明了。連回家之後直到上床睡覺為止，我全都記得清清楚楚。如果是作夢，應該不可能記得這麼鉅細靡遺才對。

不對不對，說不定那只是我睡昏頭了而已。

是要前往綾櫛小巷？還是認定那只是一場夢？今天一整天的課程完全被我扔在一邊，我不停地反覆煩惱這件事。然而思緒只是不斷地翻來覆去，無法做出結論。最後之所以決定前往綾櫛小巷，是因為自己的精神狀況已經比想像中還更糟糕，如果那幅畫的問題能有任何一點解決的可能性，那麼我就想試著賭賭看。

總而言之，先去看看吧。我邊想邊來到了玉響通。

明明和昨天晚上是同一條路，但是白天和晚上的感覺卻截然不同。而綾櫛小巷也不相上下，

昨天是那麼漆黑陰森，但在明亮的陽光之下，這裡看起來就像是通往高級料亭的小路。

「那邊那個小子！」

當我正準備走進小巷時，突如其來的一聲怒吼，讓我猛然站定不動。「小子」應該是在叫我吧？我戰戰兢兢地朝聲音傳來的方向看去，正好和探出身子、死瞪著我的香菸舖阿婆四目相交。

「叫什麼名字？」

「咦？」

「我問你叫什麼名字！」

布滿皺紋的眼睛高高地吊了起來。森島曾經隨口提起這個阿婆搞不好是妖怪，如今看起來似乎並沒有說錯。因為她平常總是一動也不動，現在卻能動得這麼快，實在太嚇人了。

「我叫小、小幡、洸之介。」

從喉嚨裡擠出這個回答後，阿婆看似沒啥興趣似地說了聲「進去吧」，隨後立刻坐回店舖裡……什麼啊，剛剛那個狀況是怎麼回事？雖然心裡還是有無法理解的地方，不過既然已經得到阿婆的許可，我靜靜地走進了綾櫛小巷。

排列得井然有序的石板路上，立著一整排焦茶色的木頭圍牆。在那前方，出現了一扇熟悉的木門。

「這是、昨天那扇門吧。也就是說……那不是夢嗎？」

我像昨天一樣動手推門，木門也應聲開啟。木門之後，是一條和門外相同的石板路。看不到那些路邊攤和動物們的影子。道路兩旁，其中一邊是普通的圍牆，而另一邊則有一棟木造建築，和昨天有人走出來的商店一模一樣。那是一棟雙層建築，一樓屋頂上掛著一塊飽受風霜的招牌。上面寫著書法中經常使用的草書字體，實在看不懂到底寫了些什麼。字數大概是五個字，另外雖然沒什麼自信，不過最後一個字應該是「店」。門前掛著一片門簾，看起來應該是間營業中的店舖，但是為什麼會在這種不起眼的角落裡呢？這樣真的有辦法做生意嗎？

「你果然來了。」

我還在發呆的時候，二樓傳來了招呼聲。抬頭一看，是昨天那個女高中生，她正從二樓窗戶低頭看著我。

「進來吧。環小姐在等你呢。」

女高中生啪的一聲關上了紙窗。隨後裡面便傳來了咚咚咚咚的腳步聲，以及「洸之介來了喔！」的招呼聲。

我穿過門簾，走進店裡。店門附近有一片空蕩蕩的寬闊水泥地，空地後方高出了一階，布置成鋪設榻榻米的和室。更後方似乎是中庭。和室裡放了一張圓形矮桌，角落有一台快要消逝的黑色轉盤電話。乍看之下，這裡似乎只有這些東西，少到讓人忍不住懷疑這裡真的是店面嗎？

「你來啦。」

手裡拿著全套茶具的環小姐，從房間裡面走了出來。穩重的粉紅色和服，乍看之下似乎沒有任何花紋，不過仔細一看，就能看到一些細小的花樣。和服搭配著繡有紅色薔薇的腰帶，頭髮盤了起來。可能是髮型的關係，感覺她比昨天更成熟了一點。

「原、原來不是夢啊。」

「你以為自己睡昏頭了嗎？」

「啊，是的，有點……」

不是有點，我大概有一半以上都認為是作夢。不過實在說不出口。

在環小姐的催促下，我正準備走上和室時，一個背著書包的小學男孩，一邊喊著「我回來了！」一邊衝了進來。我被他的衝勁嚇了一跳，整個人退了好幾步。

「你回來啦，櫻汰。」

「我回來了，環。嗯？客人嗎？真稀奇呢。」

男孩像是習慣性地把書包往榻榻米上一丟，抬頭看向我，然後把頭歪向一邊。

「啊啊。今天也要出門嗎？」

「嗯哼。今天是昨天的後續，這是對決啊！」

環小姐從點心盒裡拿出小茶點，男孩立刻開始大口吃了起來。轉眼間全部吃光之後，男孩的臉上露出了不太像小孩的黯淡笑容。

「那麼這位客官，請慢坐啊。」

留下這句異常古風的話之後，他宛如疾風一般迅速衝到外面。

我因為突如其來的狀況而愣在原地時，環小姐苦笑了起來。

「剛剛那孩子是認識的朋友暫時託在這裡的小孩。哎，總之先上來吧。」

我脫下鞋子，在一個正對著環小姐的坐墊上跪坐。我已經很久沒有在和室裡坐下了，朋友們家中的房間全都是木頭地板，我家也幾乎都是如此。雖然還有兩間鋪設榻榻米的房間，不過其中一間已經變成置物室，另一間則是有些特殊原因，沒辦法進去。

環小姐用流水般的動作泡好了茶。明明只是這麼一點動作，我卻看得緊張起來，全身發抖。

「盤腿坐就行了。你平常幾乎不跪坐吧？」

承蒙她的好意，我改成盤腿而坐，然後接過一杯剛泡好的茶。喝了一口，我立刻驚訝不已。一點也不苦，還有著淡淡的甘甜。我不太喜歡喝茶，但是這杯茶卻讓我覺得非常好喝。它的氣味與溫度，讓我緊張的心情逐漸緩和下來。

「那個，請問這間店鋪是做什麼的？」

「你為什麼覺得這裡是店鋪？」

「因為外面的招牌。雖然看不太懂，不過我猜最後一個字應該是店吧。」

環小姐興味盎然地看著低聲說話的我。她的大眼睛是不是看透了我的心，早就知道我在想什麼？我不由自主地被這種感覺包圍。彷彿在說：「你腦中所有的一切，我都知道，所以說謊也沒用。」我本能地認為不可以在這個人面前說謊。這麼說來，記得好像有這種類型的妖怪？

「不過這裡完全沒有看似商品的東西，所以我在懷疑這裡真的是店鋪嗎？」

「這裡不會有商品的。因為我們賣的東西，是接受委託之後才製作的東西呀。」

也就是說，這裡真的是一間店鋪。

「外面的招牌，寫的是『加納裱褙店』。這麼說來我還沒有自我介紹呢。我的名字是加納環，是這裡的店長，工作是裱褙師。」

「裱褙……就是類似掛軸之類的？」

「哎呀，你知道呀？這麼年輕，還真是難得。」

「呃，嗯，知道一點……」

看到環小姐的表情瞬間亮了起來，我只能含糊其詞地回答。

「大部分的工作，是幫掛軸等物品裱褙，除此之外也會受理拉門或紙門的紙張更換。作業場所在裡面，所以器具是不會放在這裡的。這裡是用來招待客人的接待室。」

「我從來不知道這個地方有這種店。」

「因為最近越來越少人會在家裡掛出畫軸，或是擺放屏風了啊。首先，一般人家裡幾乎都沒有可以掛設畫軸的壁龕了。」

的確。像我家的壁龕，很遺憾地早就成為置物處了。

「而且和室也變少了，有拉門或紙門的人家更少。所以我們的客人就是僅剩的那一部分人而已，此外，那些客人也是透過朋友仲介過來，幾乎不會直接來到店裡，所以基本上一般人是不會來到這條小巷的。」

「原來如此。」

所以香菸舖的阿婆才會覺得穿著制服又隨便走進來的我很可疑，然後叫住我的吧。但是她還是有種鬼氣逼人的感覺就是了。

既然謎團解開了，我重新挺起了身子，開始敘述自己來到這裡的真正目的。

「那個，關於昨天的事……」不過還是先繞個圈子。「請問昨天那場像祭典一樣的活動到底是什麼？」

「那是夜市。是住在附近的妖怪或放棄成佛的幽靈們的集會。」

我仰望著天空，喔不，是天花板。那些會說話的動物、鬼火、還有動來動去的黑影，原來不是作夢、不是妄想、也不是看錯，更不是自己的眼睛出了問題。

「……原來是真的啊。」

「你都已經跟動物們說過話了，還在懷疑嗎？」

「不是，怎麼說，只是很難相信。」

就算從環小姐口中聽了這些話，我還是覺得難以置信。正因為那情景很真實，所以即使我像現在這樣就在環小姐的面前，我內心的「常識」仍然堅決拒絕認同那一幕。就是這種感覺。

「那些動物們，有些是真正的妖怪，也有些是剛開始擁有妖力的傢伙。不過平常都是如同普通動物般生活，一年當中只會召開幾次宴會而已。看準這一點，那些喜歡做生意或祭典的幽靈們也會聚集過來，於是就變成了喝酒、祭典和攤販混雜在一起的活動。」

昨天晚上，小巷裡的確像是夏季祭典一樣熱鬧。難道周圍的住戶都沒有注意到嗎？

「所以呢？你想問的事情應該不是這個吧？」

「啊，是的……」

「記得你說的是畫會動吧？」

環小姐不斷地逼近問題核心，於是我也開始描述起最近這幾個月，發生在家裡的神祕事件。

「大概是在半夜兩點或三點的時候，會出現奇怪的聲響。雖然聲音不大，但是會讓人醒過來的程度。聽起來像是有東西在動的喀喀聲，還有水聲，以及鳥類拍動翅膀的聲音。因為每天晚上都會發生，所以我有在半夜起床確認過。」

走在陰暗的走廊上，我尋找著聲音的來源。最後找到的地方，是目前已經沒人使用、過去曾經是老爸房間的和室。

「就算靠近，聲音也一樣沒停，所以我牙一咬就開門進去了。」

從窗外灑落的月光中，攤開在桌上和牆壁上的水墨畫，全都活生生地動個不停。鳥在圖畫中飛來飛去，魚也一邊濺著水花一邊橫衝直撞地游動。筆直伸展開枝葉的植物，宛如被風吹動一般來回擺盪，感覺就像是看著電視或是某種影像畫面。

我大吃一驚，嚇得幾乎忘了呼吸，反射性地關上紙門。等到聲音停止之後，我又戰戰兢兢地開門偷看，結果又再次瞪大了眼睛。

和室裡變暗了。剛剛敞開的窗簾已經拉了起來，攤開的水墨畫也都捲得好好的，收在箱子裡。徹底恢復成老爸房間平常的模樣。

「後來聲音一直都沒有停過，我也去了父親的房間好幾次。每次都像第一次進去的時候一樣，圖畫動來動去。然而只要關上紙門一次，又會全部恢復原樣。」

「那個聲音是從什麼時候開始的？」

「大概三個月前。從父親過世後不久開始的。」

當我彷彿若無其事般地這麼一說，環小姐的視線微微低了下去，閉上眼睛。纖長睫毛的影子落了下來。

「那些畫，是令尊的收藏品嗎？」

「不，是父親的作品。家父是畫家，名字叫做小幡洸泉。」

「小幡洸泉……啊啊，是嗎？原來去世了啊……」

環小姐似乎非常遺憾，一邊嘆氣一邊這麼說。聽到她的話，我感到非常訝異。

「妳認識家父嗎？」

「他是足以代表日本畫壇的名畫家，當然知道呀。而且也拜見過不少他的作品。」

「原、原來父親是這麼有名的人嗎？」

「不只是日本國內，在國外也是評價非常高的日本畫家呀。至少和這個業界相關的人，一定都知道這個名字。明明是自己的父親，你卻不知道嗎？」

環小姐十分不可思議似地反問我。

看到對方訝異著自己回答不出眾所皆知的常識，我感到有點尷尬。加上這番話當中不含任何取笑成分，只讓人更加無所適從。

「我知道父親是個畫家。只是關於他畫了什麼畫，我看得不多，實在不太清楚。因為他在我還小的時候就離開了家，直到一年半前才又突然跑回來。」

真的很突然。當時我在念國三，而且還是在高中入學考之前。當時正是我選了一間希望不大的高中而暗自後悔，卻又不得不最後衝刺的時候。

那一天，我也一直窩在自己的房間，手裡拿著參考書，努力做著最終複習。太陽雖然已經下山，但是媽媽也和平常一樣，還沒下班回家，家裡只有我一個人在。

這時叮咚一聲，大門方向傳來了門鈴聲。門後站著一個背著大量物品——絕大部分是畫具——身材瘦削的大叔。大叔一看到我，立刻像是快要哭出來似地笑了。

——好久不見，洸之介。

這就是我和我三歲時便離家出走的老爸，闊別十多年之後的再會。

照理來說，這時應該要一邊哭喊「你回來了！」一邊撲上去，或者是丟下一句「事到如今回來做什麼」然後把人趕走，就像連續劇演的一樣。但是我的感想只有「啊啊」和「喔」而已。畢竟當時正面臨著入學考這道大關卡，根本沒有餘力理會其他事情。而且就算老爸回來了，我一直以來的生活也沒有出現變化。我和老爸各自躲在自己的房間，見到面時雖會打招呼或聊聊天氣，但也僅只於此。感覺就像是多了一個同居人。沒有必要就不會多說話，也不會互相干涉。

後來考試結束，順利地進入高中就讀之後，我和老爸的關係也一直沒變。

「明明有十年以上的時間不曾露面，但是你對父親卻沒有什麼不好的印象嗎？」

「父親離家這件事，好像是在我出生之前就已經決定好的。母親也從來不曾對我說過父親的不是或壞話，可能就是因為這樣，我也沒有出現過不滿之情。」

老爸之所以離家，並不是因為有了其他女人或是不再喜歡媽媽。簡單來說，他的個性天生就是如此。不願待在同一個地方，喜歡一邊流浪一邊作畫。這就是老爸一直以來的行事作風。

——他就是這樣的人。

媽媽每次提到老爸時，臉上總會露出好氣又好笑的表情。

——我知道他是這樣的人，喜歡上他，希望能夠支持他，然後我們才在一起的。你出生後，他在家裡待了一些日子，好代替必須外出工作的我整理家務和照顧孩子。這是在我們結婚之前就約定好的。

媽媽是在知名企業工作的職業婦女，也是我們家的支柱。年輕時，也曾經為了光靠作畫無法維生的老爸提供經濟方面的援助。所以生產過後，她好像立刻回到了職場，而老爸則是當上家庭主夫。不過詳細情形我已經記不得了。然後等我長得差不多大之後，老爸就離家出走了。

這是他們兩人都同意的選擇，所以我也覺得不過如此罷了，對老爸沒有特別的情感。

「若說父親不在也不覺得寂寞，那就是騙人的了。但是既然知道他在某個地方活得好好的，而且又是為了工作，所以我也沒什麼好說。過去外公還在世的時候經常跑來家裡陪我玩，也充當了父親的角色，所以我不會特別討厭父親。」

「嗯哼，這還真是相當奇特的家庭呢。」

「我無法否認的確不太一樣。」

「所以，令尊為什麼會突然回來呢？」

環小姐在我喝完的空茶杯裡，倒進一杯新的茶。濃郁的茶香四溢。我輕輕握住了那只茶杯。

「因為他發現自己得了癌症。已經是末期了……醫生說大概只剩下半年的生命。」

我是在睽違十多年後，家族三人同聚一堂吃晚餐時，知道這件事情。

——哎呀，真傷腦筋啊。

聽到老爸的告白，媽媽整個人愣住了，然而當事人卻只是有點難為情似地抓了抓頭。

——想不到竟然只剩下半年可以作畫了。

後來，除了前往醫院之外，老爸一直都關在房間裡作畫。醫生曾建議住院專心治療，但是老爸以住院沒辦法畫圖為由，乾脆地拒絕了。

他把所剩不多的時間，以及所有的精力，都灌注在作畫上。老爸的身體雖然日漸消瘦，但是他那閃閃發亮的眼睛，以及握著畫筆的手，卻從來不曾出現動搖。一邊聽著逐漸逼近的死亡腳步聲，一邊像是毫無退路似地持續作畫的模樣，讓我有種鬼氣逼人的感覺。

可能是因為這股驚人的氣勢，當初醫生宣告的最終期限逐漸延長。但是就在過了一年之後，老爸的力氣開始明顯衰退，最後他還是倒了下去，離開人世。這是三個月前才剛發生的事。

「父親房裡留下了大量的畫。七七四十九日過了之後，有一些畫商和其他美術界相關人士找上門來，幾乎把所有的畫都買走了，所以現在只剩下幾幅而已。」

「出問題的，就是剩下來的那幾幅吧？」

「……是的。」

我回想起最後一次看到老爸面對畫紙時的側臉。如果沒有生病，就可以畫更多的畫了——對於生命與繪畫的強烈執著。會不會是老爸的靈魂或是類似幽靈的東西，附著在那個房間的畫裡

呢？我開始這麼認為。

當我低著頭沉默不語時，環小姐輕輕「嗯哼」了一聲。

「嗯，沒有實際看過，可能有點難說……不過我說不定可以試試看。」

「真的嗎？」

我忍不住向前探了過去。環小姐還是一樣平靜地回答。

「應該吧。」

「環小姐會淨化或是除靈這類的事情嗎？難道副業是靈媒師之類的？」

我這麼一說，環小姐先是瞪大了眼睛，隨後一個深呼吸，放聲大笑。

「這怎麼可能！我只是個普通的裱褙師而已。」

環小姐用手指擦去了因為笑過頭而流出來的眼淚。

「只不過，我的工作並不只是表面上為字畫裱褙而已，檯面下也是有其他工作的。」

「檯面下的工作？」

「不論是掛軸還是屏風，需要裱褙的物品當中都會有圖畫。這類圖畫，有時候是非常麻煩的。因為那是畫師們花費數小時、數日，甚至隨著物件不同，可能花費了數年才繪製完成。繪製途中，可能是一邊想著重要的人，或是懷抱著對將來的不安，以及想要炫耀自己身為畫師的才能，或是夢想獲得成功之類的。多虧如此，那些想法——思念會深深地滲透進圖畫當中。」

我咕嚕一聲吞下一口唾沫。

「那些思念，就像是流動的河水。思緒太強烈，造成河水氾濫的時候，就會引發世間所謂的靈異現象之類的事件。雖然古老的掛軸和屏風有時會變成付喪神，不過思念和付喪神是不一樣的。思念就是思念，不是魂魄。」

付喪神這種東西，我也有聽說過。記得是從古代一直使用至今的道具或物品，開始有魂魄寄宿其中，因此會自行走動或說話之類的吧。

「我可以利用裱褙將那份思念封住，或是引導至正確的流向，再讓思念昇華。雖然那不是魂魄，不過作用十分類似淨化。這就是裱褙師在檯面下的工作。」

「這個檯面下的工作，只要是裱褙師，人人都能辦到嗎？」

「不。以前辦得到的師傅比較多，但是最近幾乎都沒有了。因為現在的人不再相信妖怪或是作祟，所以也不再有這個需要。」

「環小姐做得到這件事情嗎？」

「姑且辦得到。」

環小姐隨口回答，輕啜了一口茶。

這麼年輕，看起來沒大我幾歲的人，真的有辦法做到這種事情嗎？

我的表情可能洩漏了心中的想法。環小姐一直盯著我看，然後問道：

「你不相信我說的話嗎？」

「不……」

「哎，這種話題，可能很難馬上相信就是了。就算是在裱褙師當中，現在還知道這份檯面下工作的人，也只占了一小部分而已。」

我真正懷疑的地方，其實在於環小姐到底有沒有這樣的能力，而不是關於裱褙師的檯面下工作內容，不過環小姐似乎猜顛倒了。

「因為你已經困擾到相信別人說的謠言，專程半夜跑來這裡，所以我才告訴你。至於最後要怎麼做，則是由你來決定。畢竟現在是要你把父親的畫交給我，會猶豫也很正常。」

我沒有理由拒絕環小姐的提議，卻也沒有辦法立刻說出「那就拜託妳了」這句話。因為這件事情還沒有讓媽媽知道，真的可以這樣擅自決定嗎？我猶豫了起來。

環小姐朝著牆上的月曆看了一眼，然後對我說道：

「三天後，你再到這裡來一次，可以等到那個時候再決定。」

我點了點頭。老實說，環小姐的這個建議實在令人感激。

當我準備離開時，環小姐問了我一個問題。

「洸之介，你還記得令尊的畫是什麼樣的內容嗎？」

「父親的畫嗎？呃，記得有燕子和龍，還有植物的畫。另外還有魚，以及類似閻羅王之類的人物吧。」

我一邊回想著會動的畫一邊回答，而環小姐只低聲回應了一句「嗯嗯，是嗎」，然後把我沒有動過的茶點包了起來，讓我帶回家。

我之所以認為老爸的靈魂可能附在家裡的畫上，有部分原因當然是因為看過老爸生前全神貫注畫畫的模樣，不過那些留下來的畫，其實也是原因之一。

根據媽媽所說，那些留下來的畫，大多都是老爸去世前不久畫的，因為沒有署名，也沒有落款蓋印，所以全部都是賣不出去的東西。然而除去這一點，看過那些畫的畫商們，反應其實也不是很好，他們的說法是「不像小幡洸泉的作品」。

老爸最擅長的是稱為山水畫的風景畫，以及動物畫。所以先不論魚、燕子或植物，龍和閻羅王這種題材，據說老爸幾乎從沒畫過。

在雲中翻騰的龍，以及表情肅穆、頭戴黑冠、滿臉鬍鬚的閻羅王。

龍這種生物幾乎等同於神明，象徵著不死；而閻羅王則是死後的世界，也就是地獄之主。

這兩幅畫會不會是在表達老爸對於生命的執著呢？我如此猜測。當我開始這麼想，感覺又變得更恐怖了一點。不是因為老爸的靈魂如何，而是因為老爸的執著之深，讓我覺得渾身發毛。

環小姐真的有辦法把老爸的思念，從老爸的圖畫上趕出去嗎？而且光靠裱褙這個動作？這種事情真的有可能嗎？

越想越深入之後，我猛然發現了一件事。

裱褙……裱褙這種東西，應該是非常昂貴吧？

因為我看過老爸裱褙過的畫，所以我知道。印象中是用了相當高級的布料，甚至還貼了金箔。雖說是理所當然，不過因為每幅畫的大小都不一樣，所以應該全部都是量身訂做的吧。裱褙一幅畫到底要花多少錢？以萬為單位？不對，搞不好要數十萬。

我連打工都不曾做過，存款當然是少之又少，那點錢是絕對不可能付得起的。怎麼辦，要拜託媽媽出錢嗎？可是我們家也沒有這麼多錢，況且房子還要付貸款。

該怎麼辦呢？就在我努力想破頭的時候，三天的時間轉眼即逝，環小姐指定的日子到了。

當天，我在放學之後前往環小姐的店。走在玉響通上時，一台從我後方開來的休旅車，在香菸舖前、也就是綾櫛小巷巷口停了下來。當我一邊張望一邊心想發生什麼事的時候，有個人從駕駛座上走下來。一看到對方的模樣，我立刻愣住了。

駕駛是個體格相當壯碩的年輕男人。深藍色的甚平搭配腳下的拖鞋，還戴著一副太陽眼鏡。脖子上掛著一條粗得嚇人的銀色項鍊，乍看之下實非善類，感覺像是來討債或是什麼的——難道加納裱褙店欠了錢，然後他是來討債的嗎？畢竟那家店看起來似乎賺得不多啊。

我心裡還在想著這些失禮的事，戴著太陽眼鏡的男人已經從後車廂拿出一個細長的木箱，抱在手上。這時，對方可能注意到我目不轉睛的視線，他對著我看過來——雖然被太陽眼鏡擋住了，不是很確定——然後咧嘴笑了笑。

「你要去這條巷子裡面的店吧？」

我的周圍沒有半個人。也就是說，他說話的對象毫無疑問就是我。我用生硬的動作點了點頭，回答「是的」。

「我從環那裡聽說了，今天會有個高中生過來參觀。」

「那個，請問你和環小姐認識嗎？」

「啊啊。說是認識，其實是同行啦。因為一些理由，我負責仲介工作，外包交給環處理。」

「咦？意思是說，你也是裱褙師嗎？」

看不出來。不管怎麼看，這個人都不像是從事這種傳統，又對自己手藝有自信的工作的人。

「算是啦。話雖這麼說，不過我跟她不一樣，我沒辦法做檯面下的工作啊。哎，站在這裡說話有點怪怪的，先進去吧！」

他重重拍了我的肩膀一下，實在痛死了。然後我就像是被他拖著走似地帶到了店裡。

「我叫佐伯兵助。多指教啦，高中生。」

我和兵助先生一起鑽過了加納裱褙店的門簾。環小姐就坐在店門口附近等候。一襲黑底鈴蘭花樣的和服，一如往常的傳統裝扮，不過正面加了一件圍裙，袖子也用帶子固定，頭髮紮成了一

束，看起來就是一副準備開始作業的模樣。

「怎麼這麼慢呀，兵助。到底是跑去哪兒摸魚了？哎呀，你們一起來的？」

「剛好在巷口碰上了。」

「是嗎。兵助，把那個搬到裡面去吧！——揚羽，雖然我猜應該不會有客人，不過還是麻煩妳看店了。」

環小姐朝著天花板，正確來說應該是朝著二樓這麼一喊，樓上隨即傳來充滿睡意的回應聲。

「那麼，我們走吧，洸之介。」

感覺十分雀躍的環小姐在前方帶路，我跟著走上了鋪著木板的走廊，最後抵達的地點是個非常寬廣的房間。木地板上放著一張作業台，周圍則是被木製置物架團團包圍。放在架上的大量和紙和布料，以未曾剪裁過的狀態一層層堆放著，感覺就像是布行一般。然後最裡面的牆壁上，掛著大大小小不同種類的各式刷毛。

兵助先生把木箱往作業台上一放，打開蓋子。從裡面拿出來的東西，是一卷掛軸。可能是被老鼠啃過，外表看起來破破爛爛，到處都有黑色的痕跡。環小姐接過掛軸，咻咻咻地解開了綑在外面的繫帶，在作業台上攤開。

「……喔。」

環小姐發出了讚嘆聲。

這幅掛軸上，畫著一個看似仙人的老翁。老翁坐在岩石上，眼睛瞪著畫外。然而可能是沾到水了吧，紙上有許多水漬般的汙痕。另外綠色與茶色的布質裝裱也破了，到處都有剝落現象。

「據說是一百年前左右完成的畫。上面畫的是持有者的曾祖父，他過去似乎是當地十分有名的畫家，其個性偏激、貪婪、難以相處等可以說是赫赫有名。好像活了將近一百歲，不過死前據說還是一臉不甘心。」

兵助先生拿下太陽眼鏡，如此說明。

「嗯哼。」

「這似乎就是那個老頭生前的最後一幅作品。」

聽到兵助先生的話，我的心臟猛地一跳。這個狀況，跟我老爸不是很像嗎？

「是嗎。」

環小姐仔細觀察了圖畫之後，試圖碰觸裝裱處般輕輕伸出了手——就在此時，圖畫上突然颳起了一團像是龍捲風的東西，將她的手彈開。在我看來是這樣的情況。同時，包圍在圖畫四周的空氣彷彿突然變冷，皮膚上爬滿雞皮疙瘩。

隨後，發生了一件難以置信的事情。畫中仙人的身體開始動了起來，眼睛也猛然睜開。那已經不再是仙人的模樣，而是鬼一般的形象。

仙人張大嘴巴，發出呻吟聲。剛開始還聽不出它在說什麼，不過聽久了之後，耳朵漸漸習慣，也開始聽懂了。

仙人說的是：「更久一點……更久一點……！」聲音沉重低啞，讓人渾身發毛。

我還在努力不讓自己慘叫出聲，環小姐卻輕聲笑了起來。

「——你還想活得更久一點是嗎？」

環小姐對著仙人說起話來。

「可是，這世上萬物都有其壽命啊。生命的終結是一定會降臨在每個人的身上。」

說完，環小姐的手摸上了那塊破破爛爛的裝裱。

「從畫心的狀況來看，果然還是需要洗淨啊。兵助，委託人的要求是？」

「沒什麼特別的。總之就是希望讓這個老頭閉嘴，只有這樣而已。」

「是嗎。意思就是我可以自由發揮了？」

環小姐甜甜一笑，看起來非常非常地開心。是真的喜形於色，一點也不像是面對著這麼一幅妖異畫作的表情。

「這個裝裱其實也不差，就是樸素了點。隔水與邊用更加明亮的顏色應該也不錯。」

「那天地怎麼辦？顏色太亮，會搭配不起來啊。」

兵助先生也若無其事地加進了專業術語，喃喃自語起來，環小姐也喜孜孜地回了一句「嗯哼」。該怎麼說，感覺就像是不知道該選哪件洋裝的小女孩一樣。那個顏色很不錯，但是這個顏色也難以割捨。就是這種感覺。

仙人還是一樣不斷哀號……但似乎沒有剛剛那股氣勢了。是他們兩人壓下了這股感覺的嗎？但是話又說回來，看起來十分妖異這件事並沒有變，如同殺氣一般的感覺仍不斷散發出來。

「哎，總之如果不把綾布實際擺出來比對一下，實在很難說啊。而且也要看看相互映襯的狀況如何。」

環小姐再次撫摸了裝裱處，老仙人的聲音頓時更加激烈了起來。

「畫出這幅畫的你，壽命已盡了，不過這幅畫還可以繼續活下去，我們就是為了這個目的才進行裱褙。然而你一直這樣死不放手，我就沒辦法做事了。」

老仙人充滿血絲的雙眼，緊緊盯著環小姐。

「為了再活一百年……你也差不多該安分一點了。」

環小姐突然笑了。她看似萬般憐愛地撫摸著裝裱處，從畫中噴出的風勢瞬間大增，然後宛如在畫上濃縮般捲成漩渦，瞬間爆開。

我看得目瞪口呆，眼睛連眨了好幾下。

剛剛那是怎麼一回事？

「……成佛、了嗎？」

「有一部分思念消失了，但絕大多數還是留了下來。裱褙可以鎮壓住它們，所以沒問題。」

我悄悄走近作業台，探頭看了看那幅畫。畫中陰暗不快的感覺已經消失，老仙人也不再移動，就是一幅再普通不過的畫。

「渲染進這幅畫裡的東西，是作者對於生命的渴望，以及對於看不見未來的恐懼。我只是針對這點，多少讓它安心了一點。讓它知道，這幅畫將會繼續活下去。」

環小姐一邊撥弄著裝裱處，一邊開始檢查掛軸的狀態。

我依然魂不守舍地站在一旁，這時兵助先生對我說話了。

「感覺怎麼樣啊？高中生。你是第一次看到這個吧？」

他的臉上帶著促狹的笑意，完全就是在取笑我的反應。

「總而言之實在太驚人了！只剩下這個感想啊。應該說，我到現在還是全身雞皮疙瘩。」

「對吧。我第一次看到這個檯面下的工作時，也是狠狠嚇了一大跳啊。當初，是一隻巨大的老虎在畫裡大鬧，而且還一直不願意安靜下來，我真的以為自己會被吃掉。因為畫作的力量太強時，這裡的空間也會連帶受到影響，人可能會因此受傷。這次的畫，還算是比較能溝通的。」

「原來是這樣嗎……」

剛剛兵助先生和環小姐看起來似乎相當輕鬆，會不會就是因為這一點呢？

我開始試著想像環小姐與老爸的畫對峙的狀況。

在雲霧中飛舞的龍與燕子、在畫中池塘悠游的鯉魚、用力睜大雙眼瞪視過來的閻羅王。所有的一切，都以老爸對生命的執著為能源，一邊釋放出妖異的氣息，一邊對著環小姐伸出獠牙。

那幅仙人畫，只有釋放出殺氣和詭異的氣息，並沒有直接的影響。但是老爸的畫又是如何呢？如果老爸的思念，比那幅仙人畫的作者更強烈的話，那麼他的畫作可能就沒這麼容易解決了。一邊發出低啞的呻吟，同時毫不猶豫地傷害所有人，渴求著自身慾望、老爸在畫中的分身——感覺非常醜陋。無法接受所有人總有一天都必須面對的命運，實在太難看了。

這時，我注意到一件事，我最不想知道的事情應該就是這個了。儘管長久以來一直音信渺茫，但仍然有著血緣關係的親生父親，心裡竟會潛藏著比剛剛那個更加恐怖妖異的東西。這才是我最害怕的地方。

「你打算委託工作給她吧？」

聽到兵助先生的問題，我點了點頭。

「雖然不知道你是為了什麼樣的畫而煩惱，但是說到這個檯面下的工作，不會有人做得比她更好了。在這個業界裡，她可是被稱為傳說中的裱褙師啊。」

我朝著一臉開心地望著圖畫的環小姐看去。

這麼年輕的女人，會被稱為傳說？實在有點難以置信。

我一直盯著她看，而環小姐正好抬起頭來，和我四目相交。

「——那麼，你打算怎麼做呢？洸之介。」

環小姐微微一笑。那是為了讓我安心的笑容。

心裡所有想法都被她看穿了。我如此暗想。之前也有過這種感覺，我真的沒辦法在這個人面前撒謊。覺得不安、覺得恐懼，但是內心的某個角落還是對那份恐懼感做出妥協，希望能夠好好處理一下老爸的畫——這所有的一切，都被那雙水靈大眼看穿了。

在此前提之下，環小姐仍然對著我笑。

我握緊了雙手。

轉身面向環小姐，深深一鞠躬。

「拜託妳。請幫父親的畫裱褙吧。」

我很猶豫到底該不該把畫作拿出家門——因為我不知道攜帶方式——於是只好麻煩環小姐到我家走一趟。而環小姐當然不可能知道我家在哪裡，所以由我來到店裡迎接她。

來到綾櫛小巷的店舖前，環小姐已經整裝完畢等著我了。

她今天穿的是藍色紫陽花圖案的和服以及純白的腰帶，頭髮沒有紮起來，筆直地向下灑落。坐在她旁邊的，是夜市那天晚上看到的年輕男子，其他動物們都叫他「阿樹」的高眺帥哥。

「那麼，店舖就交給你了，阿樹。」

「好的，環小姐。啊，妳忘了這個。」

環小姐一站起來，阿樹先生立刻遞出一把白色的傘。

「今天應該不會下雨，不過還是姑且帶著吧，而且這是晴雨兩用的。」

這麼說來，就在最近一直忙得手忙腳亂的時候，時間轉眼到了五月的最後一週，昨天的天氣預報還發出了梅雨季宣言，引起了小小的騷動。至於今天的天空，雖然還是有陽光，但卻被一層薄薄的雲氣擋住，和黃金週期間的爽朗大晴天相比，有著雲泥之別。

「那麼，我們出發吧。」

我們是徒步前往我家。對於每天走路上學的我來說，這段距離根本不算什麼，但是對於身穿和服的環小姐來說，可能相當困難也說不定。我有點擔心起來。

「如果兵助有空的話，就可以開車過來了。」

環小姐有點不滿似地嘟起了嘴。兵助先生今天好像有裱褙師的工作要做，騰不出時間。

然而一旦開始走起來，我就發現自己是杞人憂天。環小姐的腳步非常輕盈，雖然身穿和服、足踏草履，但步伐卻是驚人地快，幾乎快要把我甩在後面了。

前往我家的最短路線是直接穿過站前的大型商店街。今天星期六，商店街上塞滿了人，熱鬧非凡。雖然是緊跟在人潮之後前進，但是這段期間，來自其他人的視線卻相當刺人，感覺實在不舒服。近年來少見的黑髮和服美人昂首闊步地走在街上的光景，群眾會被吸引也是情有可原。

我想要盡快從這股氣氛中脫身，但是環小姐卻突然停在站前的速食店前面。她抬頭看著內容

花俏的海報，輕聲說道：

「又推出新商品了呢。」

海報上用斗大的字體寫著：「香酥鮭魚堡下個月開賣！」

「妳喜歡吃漢堡嗎？」

我有點意外，忍不住問了出來。環小姐回答「還好啦」。

「我也常來這裡喔。對學生來說，這個價錢和分量實在是太讓人感動了。而且若是使用手機下載折價券，就會變得更便宜。」

這一瞬間，我好像在環小姐眼中看到一道光芒，但是她立刻恢復成平常的表情，再次踏著輕快的步伐前進。我連忙跟了上去。

我們比我想像中還要更快到家，我一邊注意著附近喜歡說三道四的阿姨們的目光，一邊讓環小姐進入家中。

「好安靜啊。」

「因為沒有人在，家母去工作了。」

其實我是希望媽媽也能在場，所以才選在星期六的，但是不巧的是，媽媽突然要開一個重要的會議，非去公司不可。不過我已經事先報備了有關環小姐的事，也已經獲得同意，所以不會有問題就是了。

我立刻帶著環小姐前往老爸的房間。

室內一如往常地拉上窗簾，所以有點昏暗。畫材散落在桌上，和老爸在世時的混亂程度相去不遠。環小姐饒有興趣似地東張西望著。

「有問題的畫在哪裡？」

「在這裡。」

畫都收在桌上的木箱裡。我伸手一指，環小姐便打開蓋子，把放在裡面的畫作拿了出來，然後一張一張地展開。每展開一張，環小姐的眼睛就閃動著愉快的光芒。之前的仙人畫也是如此，感覺她只要一看到畫，整個人就會一下子變得天真起來。就像是看到玩具的小孩子一樣。

事情就發生在環小姐展開最後一幅畫的時候。腳邊開始晃動，窗戶也發出了喀嗒喀嗒的聲響。隨後，畫作就像是擁有生命一般動了起來。尖銳的鳥鳴聲、激烈的流水聲、風動聲。彷彿受到這些聲音煽動似的，它們的動作宛如暴風雨一般越來越狂亂。

「……喔。」

環小姐沒有表現出任何動搖，只微微瞇起了眼睛，然後說出一句話。

「原來如此，是這麼一回事啊。」

環小姐指著其中一幅畫，對我提問。

「洸之介，你說說看這是什麼畫？」

「什麼畫……這應該是、鯉魚吧？」
細長的白色和紙當中，一條以濃淡墨色勾勒出來的鯉魚，正一刻也靜不下似地游來游去。
「那麼這幅呢？」
環小姐指著一幅在雲中翻騰大鬧，靈活轉動著巨大圓眼的龍的畫作。
「是龍。然後這幅是燕子。」
我連旁邊的畫也一併回答了。三隻黑背白腹的燕子，就像是鳥籠遭人搖晃的籠中鳥一般，一邊發出高亢尖銳的叫聲，一邊到處飛來飛去。
「這個呢？」
「……這是……植物……我只能說得出這樣的答案。」
細細長長、筆直向上伸展的葉子，在強風的吹襲下不斷左搖右晃。
「是植物沒錯，不過你知道是什麼植物嗎？」
我凝視著不斷晃動的細長葉片。在那些葉片中，隱約可見細長圓柱形的東西。那是——
「逗貓草？」
我才說完，一旁的環小姐先是輕聲噴笑，然後大笑出聲。
「不是。這是菖蒲，那個圓圓的東西是菖蒲的花。」
「咦？菖蒲的花，應該是紫色的吧？花瓣很大，然後有點垂下來的感覺。」

「你說的那個是鳶尾花、花菖蒲或燕子花。不過經常有人搞混就是了。」

被她這麼一說，我有點不好意思起來。這難道是一般常識嗎？

「然後，最後這一幅……你覺得這幅畫是閻羅王？」

表情肅穆的鬍子大叔，睜著斗大的眼睛瞪著我。

「難道不對嗎？」

「完全不對。這個是鍾馗，能夠破病驅邪的神明。原本是中國的神明，後來傳到日本，最後發展成在端午節時畫在旗幟上，或是刻成雕像供奉。」

我恍然大悟，重新審視這五幅畫。

鯉魚、龍、燕子、菖蒲，還有鍾馗。

「一般常說鯉魚躍龍門，故事說的就是鯉魚躍上瀑布然後化身為龍。根據這個故事，在日本會為了祈求出人頭地而懸掛鯉魚旗。至於菖蒲，日本人相信其有驅除邪氣的效果。會掛在門前，或是飲用菖蒲酒。等到進入江戶時代，更因為『菖蒲』與『尚武』同音（✣註2），從此就變成了端午節不可或缺的物品之一。」

✣註2：日文發音同為「しょうぶ（Shoubu）」，而日本端午節又視為崇尚武士的節日，延伸出對男孩的期許，故又稱「男孩節」。

環小姐每道出一段典故，這些發狂似地亂動的繪畫就會漸漸安靜下來。唯獨燕子的畫，現在還是沒有半點安靜下來的跡象。

「燕子大約是在春天到初夏這段期間到來，在一般人家的門前築巢。雖然是在端午節前後……不過這幅畫的性質似乎和其他作品不太一樣。」

環小姐走近燕子畫，輕輕撫摸。

「你有話想告訴這個孩子吧？讓他看看你原本的模樣吧。」

說完，原本吵雜的燕子們立刻停止不叫，一邊盤旋、一邊回到各自的位置上。

在純白和紙所構成的天空中，三隻燕子正在飛舞。其中兩隻位在下方，彷彿互相嬉鬧一般張開翅膀依偎在一起，第三隻則是遠遠地待在上方的角落。牠的眼睛一直朝著另外兩隻的方向望去，就像是從遠方——從天上守護著牠們。

「懂了嗎？」

環小姐溫柔地說道。我點了點頭。

「那個，在下面的兩隻燕子是我和媽媽……上面的則是……老爸……」

這幅畫，畫的是我們這一家。借用環小姐的說法，儘管非常奇特、不尋常，但這確實是一幅家族畫。我是這麼認為的。

「相對於女兒節，端午是為男孩子慶祝的節日。架起鯉魚旗，祈求出人頭地；用鍾馗的畫像，驅除災難病痛；裝飾菖蒲，希望孩子能夠勇氣過人。這只是全心全意地祈禱孩子能夠獲得幸福……令尊是在去世前不久畫了這些畫……那時正是身體遭受病魔侵蝕的時候，相信那段期間一定非常艱苦吧。」

照理來說，那段期間應該躺在醫院的病床上靜養才對。若是那麼做，他的身體不知道會有多麼輕鬆。但是老爸始終不願接受那份「輕鬆」，而是選擇握住畫筆。一邊忍痛，一邊鞭笞著顫抖的手，畫出如此精緻的畫作。

為了什麼？老爸是畫家，畫圖就是他的生存意義、人生所有的一切。我一直這麼認為。

「父親曾經非常遺憾地說，自己只剩下半年時間可以作畫。那句話又是什麼意思？」

環小姐面露苦笑。

「我之前有說過吧？小幡洸泉的作品在國內外的評價都相當高。換句話說，他的畫有價值，就算是用金錢換算，也可以賣出高價。你不是也說了令尊的畫作幾乎全都被畫商買走了嗎？」

「……啊。」

「只剩半年時間可以作畫，意思是指自己只剩下半年時間繪製留給家人的畫。知道自己只剩下半年生命後，令尊第一個想到的應該就是家人吧。為了家人，自己能在這短短半年當中做些什麼？留下什麼？他可能一直都在思考這個問題。不過他畢竟是個畫家，唯一能做的就是作畫。所以他才會想要持續作畫到死前最後一刻吧。」

我想起了老爸鬼氣逼人的側臉。

「然而真正面臨死亡時，最放心不下的還是自己的兒子，所以才進而想到了與端午節相關的題材吧。一邊作畫，一邊祈禱孩子能夠健健康康地成長、能夠成為一個堅強的人、能夠獲得幸福。滲透進這些畫裡的，就是這份思念。」

就是因為這個理由，這些畫才沒有出現類似那幅仙人畫的妖異感吧。

環小姐有點無奈地說道：

「真是的，真是不坦率啊。」

真的，實在是太不坦率了。我打從心底同意環小姐的意見。不但晦澀，而且難懂。再怎麼難相處也該有個限度吧！

我們從以前到現在都沒有生活在一起。老爸到底是什麼樣的人？到底是什麼樣的畫家？我都不是很清楚。然而就算想知道，我也沒有那些時間、那些場合，我什麼也沒有。被一個如此不熟悉的人，用如此拐彎抹角的方式對待，怎麼可能會知道對方真正想傳達的是什麼呢？我是繼承了你的血脈的兒子，別遲鈍到發現不了我的遲鈍啊！因為這樣，這幾個月來我的睡眠時間大量減少，還經歷了不好的體驗，真的很悲慘啊。

再加上——我看著這幅燕子畫——在這種圖畫裡面，就不要這麼見外好嗎！

「什麼嘛……為什麼要把位置畫得這麼遠……」

我突然猛烈地生起氣來。這些燕子的距離是想表達什麼？是分隔兩地生活的十多年歲月嗎？是最後到來的生離死別嗎？還是我們內心的距離呢？

「……至少在圖畫裡面的時候，畫在一起也好啊。」

正當我如此低語的時候。

三隻燕子再次開始揮動翅膀。位在上方的燕子輕巧下降，三隻燕子聚在一起。然後展開著翅膀互相貼近，嬉戲似地團團飛舞。三隻燕子之間再也沒有距離，牠們就在翅膀幾乎碰在一起的情況下，輪流替換位置，不斷轉著圈子飛翔。

看到這一幕的瞬間，我的眼中深處突然一熱，眼淚湧了出來。還來不及忍住，高溫的水滴便沿著臉頰流了下來。可能是看到了我的反應，三隻燕子又飛回了原位。

「思念最強的，似乎就是這幅燕子畫了。總而言之，現在應該只需要為這幅畫裱褙吧。令尊的思念傳達給你之後，這份思念也變淡了許多，相信這些畫應該不會再動起來了。」

環小姐對我露出了如花一般燦爛的笑容。

「這幅畫，就由我來負責裱褙吧。」

我這時才發現自己的臉被眼淚搞得一塌糊塗，連忙用袖子擦了幾下。

「那就麻煩妳了。」

環小姐說，完成裱褙工作至少需要三個月的時間。需要花費這麼長時間製作的東西，多半會被索討一筆連眼珠都會掉出來的龐大金額吧？我非常緊張害怕。但是環小姐只側眼看了我一眼，笑著說道：

「站前廣告單上的漢堡，買那個給我就好了。」

就算是套餐也頂多五百日圓，光是那樣未免太便宜了，會良心不安！我連忙表明立場。

「因為是新商品，所以我還沒吃過呀。」

「……真的這樣就夠了嗎？」

我滿懷疑問地確認。而環小姐則是甜甜一笑，回答「這樣就好」。

由此看來，儘管環小姐總是身穿和服，維持著傳統風格，然而實際上卻是非常喜歡垃圾食物。給人的印象實在落差太大了。

將畫作交給環小姐的三個星期之後，我想應該是受到環小姐委託的揚羽，打了一通電話到我的手機裡。

「雖然還沒完成，不過已經做好了鑲接，可以看出最後會裱褙成什麼樣子。要來看看嗎？」

隔天，我在路上的速食店裡，購買了名為香酥鮭魚堡套餐的進貢品，然後朝著加納裱褙店前進。環小姐和揚羽都在店裡，另外兵助先生不知道為什麼也在場。

「我是來看看到底變成了什麼樣的畫軸，其實我很喜歡小幡洸泉的畫啊。」

兵助先生露出了和他的外型不符的羞澀笑容，偷偷這麼告訴我。我就像是自己受到誇獎一般，感覺有點心癢難搔，莫名地高興起來。

老爸接受裱褙的畫，就放在裡面房間的作業台上。

「現在還在製作途中就是了。」

雖然環小姐這麼說，但是在我看來，這已經是徹底完成的成品了。

裱褙使用了三種顏色的布料。圖畫的上下兩端，各接了一條白底金色花紋的細長布料。然後包圍在這兩條布料和圖畫左右兩側的，是繡了精細花紋的深藍色布料。其上下則是配置了淡紫藤色的布。

看到這些布料的瞬間，腦中第一個浮現出來的畫面是五月的晴朗天空。

滿溢著藍色光芒的空中，三隻燕子正在飛舞。

光看圖畫，明明會覺得上面的燕子和下面的兩隻燕子分得非常開，但是一添上裱褙，就有種三隻燕子正在寬廣的藍天之中互相靠近、依偎在一起的感覺。

「怎麼樣？」

「太厲害了。雖然我完全不懂繪畫，當然也不懂裱褙，但是我感覺得出來，妳把它做成了非常了不起的東西。」

我坦率地表達感動。我真的不知道，裱褙能夠如此徹底改變一幅畫的印象。我想把這幅畫掛

在家裡。為此，首先必須整理出壁龕的空間，這麼一來就非得為家裡進行一番大掃除不可。然而儘管如此，我還是希望能在自己家中的和室看到這幅畫。

當我還在凝視著這幅畫時，兵助先生插嘴說了一句：「這麼說來——」

「其他的畫要怎麼辦？不是還有四張嗎？」

「是啊。繼續保持原狀實在有點浪費……」

如果可能的話，我希望其他的畫也能像這幅畫一樣進行裱褙，然後掛在家裡。

「由我來裱褙吧？」

「最好別答應，洸之介。這傢伙是個不折不扣的商人，你會被狠狠敲詐的。」

揚羽一邊踢著兵助先生的腳，一邊這麼說道。

「我才不會敲詐咧！綾布和和紙都很貴，而且還要加上工匠的技術成本啊。以萬為單位是很普通的好嗎！像環這種近乎義工的做法，一般來說是不可能的！肯定會破產！」

「我可是會選擇客人的。如果是有錢人，自然會好好收費。」

果然很貴！哎，不過這也是理所當然。全部手工，而且又是量身訂做，當然需要這樣的價位。不過這麼一來，身為普通高中生的我就沒有辦法負擔了。

我還在沮喪時，揚羽突然提了一個不得了的建議。

「既然這樣，洸之介，你乾脆試試自己裱褙吧？向環小姐拜師學藝如何？」

「……咦？」

我瞪大了眼睛。由我來為老爸的畫裱褙？這種事情真的辦得到嗎？不對，這樣真的好嗎？由我這個外行人高中生動手？就像環小姐讓那三隻燕子翱翔在天空，我真的辦得到這種事嗎？

然而就在產生疑問的同時，我也有點心跳加速。不是因為恐懼，比較像是對於未知世界的期待，也像是興奮，更像是興致勃勃，總之就是這一類的心跳加速。

「環小姐，我也辦得到嗎？」

「當然。要試試看嗎？」

她乾脆地說出我求之不得的答覆，所以我也在間不容髮之際迅速回答。

「要！請收我當徒弟吧！」

「好。至於上課費用嘛……你就定期獻上漢堡吧。就這麼說定了。」

這又是另一次破盤價格吧？話說回來，這樣真的可以嗎？

我非常困惑，但是環小姐卻興高采烈地笑了。

雖然她一點也不拖泥帶水地收了我當徒弟，但是這種信手拈來的感覺，難道環小姐以前也曾經收過徒弟嗎？

「請問妳以前也有收過徒弟嗎？」

我提出疑問，環小姐也乾脆地點頭。

「有呀。收過好幾個呢。」

「好幾個？」

年紀輕輕就收過好幾個徒弟，有點難以置信。啊啊，不過她在這個年紀就已經被人稱為傳說中的裱褙師了，大概不是完全不可能吧。

環小姐邊說「這麼說來到底收過多少人了呢？」邊屈指計算徒弟的數量。單手、雙手手指的數量還不夠，又開始張開原本彎下的手指。如此反覆了好幾次，數量不是普通地多！

「那個，環小姐，徒弟的數量真的有這麼多嗎？」

我戰戰兢兢地發問。

相對於此，環小姐以漫不經心的口吻，丟下一顆震撼彈。

「這個嘛，畢竟我第一次收徒弟，是在三百多年前的德川時代呀。當然會有這麼多。」

「…………咦……？」

我不由得全身凍結起來，同時懷疑自己的耳朵是不是壞掉了。咦？剛剛她說了什麼？

但是全身僵硬的人似乎只有我一個，兵助先生和揚羽都是面不改色。真的假的？那句話是認真的嗎？

「環環環環環環小姐？……那個，之前，您曾經說過您才不是大妖怪吧？」

「因為我真的不是大妖怪呀。所謂大妖怪，是指活了一千年的傢伙啊。我還沒有活這麼久。

嗯，大概就一半吧。」

環小姐看著我笑了笑，露出看穿一切並樂在其中的笑容。

我瞪大眼睛，嘴巴很丟臉地合不起來，轉頭尋求另外兩人的協助，但是……

「什麼？你沒有發現嗎？那天晚上不是都看過夜市了嗎？啊～真是的！那一天明明是我帶著洸之介進來的，真是薄情的傢伙！」

「也就是說……？」

揚羽伸手指著自己。

「我是貓又。比環小姐年輕很多很多就是了。順帶一提，阿樹是狸貓，而櫻汰是天狗的王子殿下。會在這裡出入的人類，大概只有兵助吧。」

「我家是從江戶時代一直經營到現在的裱褙店，不過初代師匠就是環。之後每一代的當家都會拜環為師。」

兵助先生側眼看著環小姐，說道：

「她啊，是活了五百年的妖狐啊。」

我突然感到一陣暈眩，腦中一片空白。這種事情真的存在於世嗎？

這個幫忙平撫了父親的思念，住在綾櫛小巷裡的大妖怪。雖然不是香菸舖的阿婆，不過真實身分卻是妖狐。這裡的正式名稱搞不好不是綾櫛小巷，而是妖怪小巷吧（註3）？

這件事情讓我的腦袋徹底空白，所以沒有立刻發現，不過照這樣看來，對照吹牛大王森島的情報和他們的發言後，就可以確認事實無誤。這不可能吧！正常人一定會認為這是吹牛啊！

不過總而言之、言而總之、事到如今，我都向一個超過五百歲的妖狐和風美女裱褙師，拜師學藝了。

❖註3：綾櫛「あやくし（Ayakushi）」與妖怪「あやかし（Ayakashi）」的發音相近。

第二章

天狗的故事

加納裱褙店一如其名，既是店鋪，也是工作場所，更是環小姐個人的住家。構造是純日式的木造建築，雖然不知道屋齡幾年，不過我想應該是相當古老的建築。

我坐在其中一個房間的榻榻米上，皺著一張臉唸唸有詞。

我獨自一人不斷地唸唸有詞。而且不光是幾小時，是自從進入暑假，開始跟著環小姐學習裱褙以來，就一直唸個不停。也就是說，打從最初的作業開始，我就突然撞上了一堵高牆。

我當然不是對著榻榻米喃喃自語。

平放在我眼前的，是老爸留下來的四張圖畫，以及各種類型的布料。我把捲成筒狀的布料展開，放在圖畫旁邊，確認顏色搭配之後，再展開下一捆布。

這些展開確認的布料並不是普通的布。這是一種專門用於裱褙的布料，稱為綾布。和一般做衣服的布料完全不同，這種布散發著驚人的高級感。材質大多是絲綢，有以金箔或銀箔貼製成各種複雜花紋的豪華綾布，也有樸素無華或是畫著大大小小花紋的綾布。顏色更是多采多姿，從誇張的鮮紅色，到淡淡的水藍色、典雅的黑色、刺眼的純白色綾布等，根本列舉不完。畢竟環小姐擁有的綾布高達一千種以上，這些布料全部隨意放置在木架上，看起來簡直像是賣布的地方。

布料的來歷也是千變萬化，包括最近幾年從兵助先生那裡進貨的全新品，以至環小姐開始從事裱褙師一職時就擁有的東西。隨便拿起一塊布，就會聽到「那是明朝的東西」或是「那塊綾布幾公分就要價數百萬」之類的話，真的很恐怖。話說回來，像這種貴重物品，我真的很希望她能分門別類好好保管，但是環小姐總是笑著不當一回事。

「從環的角度來看，不管是明朝、江戶時代，還是明治時代，其實都沒什麼區別吧。因為全部都是她活過的時代啊。」

兵助先生如是說。說到五百年前，中國大陸當時還是明朝這個朝代強盛的時候，所以對於五百歲的環小姐來說，可能真的沒有什麼古代的感覺。雖然我差點就接受了這個說法，但果然還是有點怪怪的。

至於我面對著這堆多到數不清的綾布，到底是在做什麼？其實我是在環小姐的指示下，正在思考圖畫與綾布的配色。

「裱褙成掛軸，是為了襯托畫心。」

所謂畫心，就是繪有圖畫或文字的部分，也是掛軸的重點所在。

「裝裱處不可比畫心還引人注目，但是也不能完全不起眼。當畫心偏樸素的時候，就必須利用裱褙來吸引他人目光。絕對不會妨礙到畫心的意境，同時也因為有裱褙才更襯托出畫心，這樣的裱褙是最理想的。」

聽到這番話的時候，我想起了環小姐為老爸的燕子畫所選用的裱褙法。環小姐所說的理想裱褙，大概就是那樣的裱褙吧。
「裱褙擁有多種樣式。例如與神佛相關的物件或是用於茶室的物件，都有其規定的形狀。根據樣式以及綾布的種類，可以一眼看出該幅書畫的格調高下。嗯，這一部分只要稍微有點印象就行了。至於所有軸裝形式當中，最普遍的樣式就屬那張燕子畫的裱褙了。由天地、隔水與邊、一文字三段組成的三段裱褙，也稱為大和裱褙。」
所謂一文字，就是直接接在畫心上下，看似橫長布條的部分。而隔水與邊則是圍住一文字與畫心兩側的部分，其上與其下則稱為天與地。此外，老爸的掛軸上雖然沒有，不過有時也會從上方垂下兩條細長帶狀的綾布，其名為飄帶。聽說有時會加，有時則不加。
「一般來說，飄帶和一文字會使用相同的綾布。順帶一提，一文字必須使用最上等的綾布，其次是隔水與邊，最後才是天地。」
經過漫長的歲月，各部分的長短已經發展出一套黃金比例。也就是把掛軸掛在壁龕，人坐在榻榻米上欣賞時，看起來最漂亮的比例。嗯，不過這個比例也是隨著地域各有不同就是了。
「裱褙的選擇，有時會使用畫心的持有者或作者所決定的綾布，不過有時也會由裱褙師運用其經驗與知識決定如何搭配。選出能讓畫心更加生動的綾布，這就是裱褙師的手腕所在。」
環小姐微微勾起了她嫣紅嘴唇的嘴角，繼續說道。
「一般來說，如果畫心的用色較亮，就會選用暗色裱褙；而用色較深時，則是選用亮色裱褙。然而脫離這個形式的組合，偶爾也會意外出現良好的效果，所以很難一概而論。」

也就是說，只要適合畫心，不管什麼樣的綾布都能拿來運用的意思吧。當我這樣詢問環小姐時，她立刻乾脆地回答「就是這麼一回事」。

對於我這個搞不清楚方向，又沒有色彩觀念的外行人來說，「什麼都能用」這一點實在有點負擔過重了。雖然從環小姐和兵助先生手上借了過去經手過的裱褙範例與照片來學習，不過光是看到這堆數不清的綾布，似乎就已經超出我的腦容量上限，腦袋完全陷入了當機狀態。明明是從剛放暑假時開始選的，如今轉眼間暑假已進入了後半段。

（最近連作夢都在選綾布啊。）

我就這麼直接向後倒，躺了下去。榻榻米冰冰涼涼的，十分舒服。環小姐的家沒有冷氣，只有一台年代久遠的電風扇。但是很奇妙的是，可能是因為通風良好的關係吧，這個家裡並不是那麼悶熱，只是有點昏暗。

（啊啊，就是因為太陽照不進來，所以才這麼涼快吧。）

當我無所事事地躺在榻榻米上時，一陣啪嗒啪嗒的響亮腳步聲，混著風鈴聲逐漸逼近過來。

「洸之介，原來你在這裡啊。」

「兵助先生？」

不知道是什麼時候跑來店裡的兵助先生，一如往常地穿著甚平，低頭看著我。

「有什麼事嗎？」

「一年一度的樂趣今天就會送來了。你也過來幫忙。」

在兵助先生的催促下，我匆匆收拾了圖畫與綾布，跟在他的身後來到中庭。中庭裡面有個倉庫，阿樹就站在倉庫前等著我們。

「找到了喔。東西被收在最裡面了。」

一台充滿古風的手動刨冰機，就放在阿樹腳邊。

「因為一年只會用上幾次而已嘛。很好，來洗吧。」

隨著兵助先生的吆喝聲，這台蓋滿灰塵的機器就在中庭的水龍頭之下，沖洗得乾乾淨淨，接著又搬進了店門口附近的接待室裡。接待室裡的矮桌上，已經準備了玻璃碗盤、成堆的水果、紅豆，還有眾多口味的糖漿。

這時揚羽回來了。她手上拎著超市的白色塑膠袋，看來剛才應該是外出去了。

「熱～死了！要融化了～！我受夠了，我不要再到外面去了！」

「說這什麼話。剛剛一直吵著非要搭配煉乳的人不就是妳嗎？」

帶著無奈表情說出這番話的人，是正在準備矮桌上各種物品的環小姐。

「貓不耐冷，也同樣不耐熱啊！早知道這樣，剛剛就應該叫阿樹去了。」

「我也不想去好嗎！狸貓也一樣拿高溫沒轍啊。」

「那就換成洸之介好了。」

「我也不想去啊，人類也是會怕熱的。」

「什麼嘛，我可是帶你找到這家店的恩人耶。」

「我很感謝妳幫了這個忙，但是那個和這個是兩碼子事。」

「總之，你們先把鞋子脫了上來吧。揚羽，去拿符合人數的湯匙過來。阿樹和兵助，把那個搬到裡面來……啊啊，就放這裡吧。」

環小姐俐落地發出指示。她今天同樣也是一絲不苟地穿著紫色牽牛花浴衣，連下襬都整整齊齊的。這個時期，街上到處都可以看到露出雙手雙腳、衣著單薄的女孩，但是身穿浴衣、手腳都被蓋住的環小姐，看起來卻比她們更加涼爽，實在非常不可思議。

「洸之介去裡面拿坐墊出來。」

接到這個指示後，我到隔壁房間去拿高高堆起的夏季用藺草坐墊。當我抱著幾塊坐墊回來時，店外傳來了一聲「請問有人在嗎」的招呼聲。

從門簾後方現身的，是一個穿著全套熱死人的西裝、髮色斑白的老紳士。他手上抱著一個用包袱巾包住的四方形箱子。箱子的邊長約五十公分左右，如果是用來放置點心，稍嫌大了一點。所以裡面放的應該是水果之類的東西吧。

老紳士宛如機器一般迅速地、同時深深地一鞠躬。

「好久不見了，環小姐，今年也承蒙您照顧。」

「真的好久沒見了呢，五十嵐。先進來吧。」

「好的，那麼我就打擾了——這是蓮華小姐託我帶來的東西。」

五十嵐先生把手中的包裹放在環小姐面前。

「每年都這樣麻煩你，真是不好意思。和蓮華見過面了嗎？」

「是的。她看起來很有精神，也非常開心地工作著。她還說現在就快等不及冬天了。」

因為出現了沒有聽過的名字，我悄聲詢問了身旁的阿樹。

「蓮華是誰？」

「是會在這間店裡出入的雪女。因為夏天期間會熱到待不下去，所以都會跑到製冰工廠或是冰淇淋工廠打工。一到冬天她就會回來，所以到時候洸之介應該也能見到面。」

「喔、喔……」

果然是妖怪。既然如此，這位老紳士多半也不是人類吧。普通人類是沒有辦法在這種烈日之下若無其事地穿著西裝。

「她每年都會以盛夏禮品的名義送天然冰來，而這些天然冰的產地就在五十嵐先生家附近，所以會在前來拜訪的時候順便拿過來。」

「啊啊，所以才會做好這些準備是吧。」

兵助先生說的「一年一度的樂趣」，應該就是指用雪女小姐送來的天然冰製作刨冰吧。

「洸之介，兵助，把東西搬到裡面去吧。」

東西指的是五十嵐先生帶來的那個用包袱巾包住的箱子。

「好重！」

裝著冰塊的箱子，重量非常驚人。我和兵助先生兩人合力，才好不容易舉起來。能夠一個人拿著這種東西，那位老紳士果然不是人類！我在心中暗自做出結論。

從箱子裡慎重地拿出透明的冰塊，安置在刨冰機上。剩餘的冰塊似乎會放在冰庫裡保管。為了那位雪女小姐，據說這裡可是有一座巨大的冰庫。

阿樹以熟練的手法旋轉刨冰機的把手，沙沙沙的悅耳聲響立刻響起，如同細雪一般的白色刨冰隨之落下。

「自從來此打擾時聽到這個聲音，也已經過了一年啊……歲月流逝的速度實在很快呢。」

五十嵐先生瞇起眼睛笑了。

「那麼，環小姐，請問少主現在在哪裡？」

「因為今天是返校日，所以他現在人在學校。我想應該快要回來了才是……」

環小姐看向店門外，剛好就在這個時候，背著書包的櫻汰回來了。平常他總是精力充沛地衝進來，但是今天的情緒明顯有些低落。

「……我回來了。」

櫻汰一看到五十嵐先生，一雙大眼睛立刻睜得更大。

「五十嵐！你來了啊！」

「少主！真是好久不見了。看到您平安無事，我也安心多了。」

「嗯嗯。五十嵐也是神采奕奕的樣子，這樣再好不過了。」

櫻汰的表情與他的口氣相反，像個孩子一般爽快地咧嘴大笑。但也只在一瞬之間便洩了氣似地萎縮，櫻汰隨即皺著眉頭張望房間。

「父親大人……今年也沒能前來嗎……？」

「令尊大人因為時間無法配合，沒有辦法前來。他有吩咐過，要向少主好好問安。」

「是嗎……」

櫻汰有點傷心似地低下了頭，不過隨後又對著五十嵐先生笑了笑，

「畢竟父親大人是統帥全國天狗的君王呀。忙碌是理所當然的！沒辦法——啊！是刨冰！」

「櫻汰，去洗洗手。」

環小姐這麼一說，櫻汰立刻急急忙忙地跑向洗手台。

「……在逞強呢。」

「是的。少主一定是顧慮我們，刻意壓抑自己的情感吧。」

五十嵐先生相當懊惱似地嘆了口氣。

「那傢伙真的沒辦法過來？」

「是的。最近這段期間，反對派的活動變得越來越頻繁，所以沒辦法離開主城。」

櫻汰的父親，是立於日本國內天狗之頂點的天狗之王。其子櫻汰則是天狗中的王子殿下。這麼說來，五十嵐先生應該也是天狗吧，我心想。

櫻汰的父親和環小姐是舊識，因為某些原因，才將櫻汰託給環小姐照顧。我不知道那個原因是什麼，不過據說就是那個原因，才害得櫻汰很少和父親見面。從五十嵐先生和環小姐的對話來看，那個原因似乎是件非常棘手的事。

在櫻汰這個年紀，沒辦法和家人見面一定很難過吧。如同環小姐所說，他肯定是在逞強、硬在人前裝出笑容來吧。這是多麼地堅強，多麼令人痛心。我不知道詳情，所以也不知道該說些什麼才好。這個在我心中蠢動，卻又無法化為語言的東西糾結成一團，總覺得有種噁心的感覺。

天然冰做成的刨冰口感非常柔和，即使直接吃，也能吃到天然的清甜。刨冰在口中迅速融化，轉眼間就消失無蹤。多虧如此，吃完後的感覺非常清爽。

阿樹接二連三地做出刨冰小山，大家也各自加上自己喜歡的水果和糖漿。根本就是自助餐形式的刨冰派對。

我加了西瓜、桃子、芒果，還有罐裝的橘子，也就是幾乎所有種類的水果，然後再淋上草莓糖漿和煉乳。環小姐和五十嵐先生吃的是素雅的宇治金時。至於櫻汰，因為他在刨冰上淋了太多種類的糖漿，所以變成了一種類似黑色的茶色，總之就是很難用言語形容的顏色。一次把所有種類的糖漿淋上去，果然每個人小時候都會這樣做呢。兵助先生和揚羽則是連紅豆上面都淋滿了大量煉乳，光看就讓我覺得有點反胃。而阿樹似乎暫時決定將製作刨冰的職責貫徹到底。

「這麼說來，櫻汰。你好像沒什麼精神呢，學校裡發生什麼事情了嗎？」

環小姐突然一問，讓咬著湯匙的櫻汰不斷眨著眼。同時間，五十嵐先生也變了臉色。

「少主！莫非您是碰上了現今人類孩童當中十分流行的霸凌？」

「不是啦，五十嵐。學校裡的人都對我很親切，當中也有我能自豪地稱為朋友的人。今天他們也找我一起出去玩……」

「難道是因為拒絕了他們，所以他們說了一些傷人的話……！」

「如果會因為這種事情生氣，我就不會稱呼他們為朋友了。我只說今天會有親戚來訪，非回家不可，他們也都接受了。」

櫻汰大大方方地這麼說完，五十嵐先生才總算鬆了一口氣。

「……只不過，他們玩的那個遊戲讓人有點在意。」

櫻汰嘆出一口不像小孩的沉重氣息。

「那個遊戲，是什麼樣的遊戲呢？」

環小姐一提問，櫻汰立刻把留在碗裡、已經融化大半的刨冰一口氣喝光，然後回答。

「……是試膽大會。」

早就吃完第一碗，現在正朝著第二碗進攻的兵助先生，以隨意的語氣插嘴進來說：

「哎，畢竟是夏天嘛。這也算是例行活動啊。」

「兵助看起來就是一副拿這種活動沒轍的樣子。」

「妳、妳在說什麼啊！揚羽！」

「而且以前一直沒辦法習慣我們的存在呢。明明彌助很快就習慣了。」

「為什麼現在會蹦出老爸的名字啊！再說我可不想被你這麼說啊！這隻笨狸貓！」

「關於這方面，洸之介就習慣得很快呢。」

「託你們的福。畢竟第一次見面就是在那種狀況下啊。」

「洸之介將來一定會成為大人物。」

「意思是我只是個小人物嗎，阿樹？」

「你們啊，別中途打斷別人的話。所以那個試膽大會，有什麼令人在意的地方嗎？」

環小姐一臉無奈地修正了差點脫軌的話題方向。

「這個暑假期間，學校的小孩子之間，似乎開始流行在深夜校園裡舉行試膽大會。」

試膽大會的流程是，首先趁白天，由某個人負責將大家決定好的「寶物」藏在學校裡，等到晚上，再由一個人或是一組人找出「寶物」。算是結合了試膽大會和尋寶大會。

當然，晚上沒有辦法進入校舍裡，所以大家都是選在操場或是中庭。必須在闖進去也不會通報保全公司的地方進行，這就是基本規則。

「可是，在這個遊戲流行了一陣子之後，舊校舍也被加進了遊戲範圍內。」

「那邊應該有上鎖，進不去吧？」

我一邊覺得不可思議一邊質疑。

櫻汰就讀的結之丘小學，也是我的母校。學校裡除了正在使用的鋼筋水泥新校舍外，還有以前使用過的木造校舍。雖然不大，但是建材可能相當不錯，到現在都還很堅固，所以被當成了倉庫的代用品。我也曾經進去過好幾次，每次都是鎖得好好的，而且鑰匙也受到老師的嚴密保管。

「那邊的玄關大鎖相當堅固，我不覺得小學生有辦法闖進去。」

「嗯嗯。不過一樓的窗戶鎖是壞的，可以從那個地方侵入。」

與其說是壞的，我更覺得應該是被弄壞的。

不管怎麼樣，發現這件事情的小孩子們立刻就把試膽大會的範圍擴大到舊校舍裡了。

「從此之後，就開始發生一些奇妙的事件。」

在試膽大會途中，小孩子就像是神祕失蹤一般，無聲無息地消失，連一點痕跡都沒有。

「失蹤的孩子會在隔天早上被人發現。身上沒有任何傷口，就在校園裡搖搖晃晃地走動。在被人發現、出聲叫住之前，似乎就是一直無意識地走來走去。另外每個人被發現時都是緊緊握拳，而掌心裡不知為何都一定會有櫻花花瓣。」

「這季節也未免錯亂得太嚴重了。」

「就是說啊，環。另外還有一個奇妙的地方，那就是從消失到被人發現為止，每個孩子都幾乎沒有記憶。唯一記得的就只有待在一個黑暗又寂寞無比的地方，這樣含糊不清的感覺。好像只有這一點記得特別清楚。」

之後謠言立刻傳了開來，說是舊校舍裡有幽靈。進入舊校舍的孩子都會被幽靈附身，在校園裡遊蕩一整個晚上。

這些好奇心旺盛的小學生們，為了確認舊校舍的幽靈之謎，紛紛瞞著父母偷溜進去。不過這時候沒有發生任何狀況，也沒有半個人消失。

「如果只是單純溜進去，似乎就不會發生問題。一定要把舊校舍和尋寶活動綁在一起。」

這個組合的理由是什麼？果然是因為幽靈嗎？接二連三的謎團，最後就像是火上加油一般，使得試膽大會越來越流行。

「然後現在，你的朋友們找你一起參加試膽大會。」

「就是這樣。」

「所以你擔心的是，你的朋友們會像傳聞中所說，在試膽大會的途中消失嗎？」

聽到環小姐的話，櫻汰點了點頭。

「到目前為止，大家被發現的時候都是毫髮無傷，沒有任何問題……可是……」

儘管至今沒出過問題，但是將來就不知道了。

舊校舍裡堆了很多雜物，而且非常昏暗，很有可能撞到這些東西而受到重傷。另外從樓梯上摔下去也同樣不無可能，說不定還有玻璃破掉的窗戶。

此外——雖然不知道是不是幽靈的傑作——如果真的憑空消失，然後再也沒有回來的話呢？

櫻汰落寞地低下了頭。他應該是非常擔心自己的朋友吧，因為這樣才無精打采。

「少主為了自己同窗著想的心意，是多麼地溫柔、多麼地偉大啊！我實在感動涕零！」

五十嵐先生從口袋裡掏出一條高雅的手帕，按住了眼睛。他是真的在哭啊，這個人。

「少主竟然結交了如此值得重視的友人……看來我可以向主公報告好消息了。」

櫻汰有點開心似地朝著五十嵐先生微微一笑。

但是，那依然遠遠不及平常開懷的笑容，是帶著些許陰影，感覺像是硬裝出來的笑容。

隔天，我依然獨自占據著收藏綾布的和室，將綾布一字排開，持續煩惱。同時也為了自己無法做出決定的優柔寡斷和缺乏品味而陷入低潮，感覺非常煩悶。碰到這種時候，我總是會暫時遠離煩惱的根源，試著改變一下心情。反正想太多只會進入死胡同，沒什麼好事。

我收拾了房間，前往環小姐所在的店門口。環小姐站在面向中庭的外廊上，正吸著長菸管。

「哎呀，今天已經結束了嗎？」

「不。只是想轉換一下心情。要是一直看著綾布，就會越來越搞不清楚哪個才好。」

「那種感覺，必須要多看、多試，在努力累積經驗與研究結果的過程當中，才有辦法慢慢學會。哎，別心急，你就慢慢來吧。」

「啊……嗯，也對。」

環小姐以她個人的方式出言安慰，但是我只能做出含糊不清的回應。

「這麼說來，我很早以前就在想，綾布這種東西大部分都非常花俏呢。有些會畫上金色或銀色的花紋，有些則是布料本身就很花俏，不知道該說是花樣繁雜還是金光閃閃。為什麼是以那種花俏的花紋居多呢？」

「這個嘛，你覺得是為什麼呢？」

「因為以前的人都喜歡炫富、喜歡特別花俏的東西？還是說有什麼特別的理由？」

環小姐緩緩吐出長菸管裡的煙霧，嘴角上揚，開心地笑了起來。

「洸之介，你之前看到令尊的畫作裱褙時，有什麼感想？那套裝裱應該也有金色的花紋。你覺得看起來像是在炫富嗎？」

「不，我不這麼認為。」

那套裝裱與作品呈現出驚人的調和，完全沒有讓我出現類似的想法。

「那麼，就是這麼一回事了。」

怎麼一回事啊？我完全摸不著頭緒。然而不管我多麼疑惑，環小姐都不願為我解答。

正當我和環小姐一起站在外廊討論著這件事情的時候，櫻汰回來了。聽說他是去探望了昨天參加試膽大會的朋友。

「櫻汰，怎麼了嗎？」

「……環。」

櫻汰看起來似乎比昨天更沒精神。難道那些朋友們出了什麼事嗎？

「昨天提到的一個朋友，在試膽大會途中受傷了。」

「傷得很重嗎？」

「只是扭到腳，應該沒什麼大礙。他說只要稍微靜養一陣子，就能復原了。」

這個回答，讓我和環小姐都鬆了一口氣。

「跟傳聞一樣，那個朋友好像就是在試膽大會途中不見蹤影。大家找了一整晚，都沒有找到，一直等到天亮後才在校園裡面發現他。那時，他的腳踝就已經腫了起來，而且紅冬冬的。」

櫻汰看似懊惱地咬住嘴唇。

櫻汰大概是在後悔吧。後悔沒能阻止他們，後悔自己當時不在場，結果朋友因此受了傷。儘管不是什麼嚴重的傷，但是自己有可能阻止這一切發生，對櫻汰來說，大概無法抹去自己深切的悲傷，以及懊悔的心情吧。

這時，櫻汰突然一改沮喪的表情，眼睛炯炯有神，以認真無比的表情對著環小姐說道：

「所以，我和其他朋友商量了一下，決定明天也要舉行試膽大會。」

這份突如其來的宣言，讓我和環小姐都睜大了眼睛。到底怎麼商量才有辦法做出這種結論？

「為什麼事情會變成這樣呢？」

「嗯嗯。因為這是復仇戰。我一定要解開舊校舍幽靈的謎團，然後把它趕出去！」

櫻汰握緊拳頭，一臉氣憤。

櫻汰和他的朋友，似乎不太像是現代的小孩，全都是充滿了正義感和責任心的熱血漢子。隨後櫻汰抬頭望著環小姐，開口說道：「所以呢——」

「環，我想拜託妳一件事。希望妳明天可以跟我一起去試膽大會。」

「為什麼呢？」

「環有辦法趕走幽靈吧？」

櫻汰歪著頭，臉上露出了「妳為什麼要明知故問？」這般打從心底覺得不可思議的表情。環小姐沒有馬上回話，反而像是瞬間被嚇到似地沉默不語。

「……你為什麼會這麼認為呢？」

「我在學校聽說了。綾櫛小巷裡住著能夠趕走幽靈的大妖怪。說的應該就是環吧？」

這句話，感覺好像在哪裡聽過，應該說，這不就和我之所以來到這家店的原因一模一樣嗎？原來這個傳聞已經傳到小學那邊去了？

環小姐可能也想到了同樣的事，只見她朝我射來一道欲言又止的視線。

「櫻汰，從你來到這家店算起，你和我一起住了多久？」

「我今年四年級，所以有四年了吧。」

「我們這四年當中明明一直生活在一起，為什麼你是在學校聽說我的事情？」

櫻汰把頭歪向另外一邊，似乎沒有聽懂環小姐這句話的意思。可能是因為腦袋被試膽大會的事情塞得滿滿的，一時間無法再吸收新資訊吧。看來櫻汰是只要認定一件事，就會埋首衝刺的類型。一旦決定後，就是筆直前進，完全不看四周、奮不顧身的傢伙。

「環，拜託妳。可以跟我一起去嗎？」

認真提出這個要求的櫻汰，看起來實在不像是小學四年級的孩子。那張嚴肅卻又看似走投無路的表情，散發出一般小孩所沒有的氣勢。還有那道具備凜然氣質的身影，真不愧是天狗的王子殿下。太帥氣了。

「……好吧。」

可能是被櫻汰的眼神壓過了吧，環小姐最後還是屈服了。

交錯著淺紫與濃烈群青色的夜空、在遠處啼叫的鳥兒、如同蒸氣一般濕熱的夏季特有的空氣、可能是因為接觸不良而反覆明滅的路燈。灰色的校門，配上杳無人跡的校園，還有詭譎矗立在遠方的黑色校舍剪影。真是絕佳的試膽大會舉辦日，同時也是最佳地點啊。

「話說，為什麼連我也來了？」

我面對著沉默在黑暗當中、闊別已久的母校，忍不住輕聲說道。

「為什麼？因為這是你的母校吧？機會難得，就麻煩你帶路囉。」

站在身旁的環小姐，以櫻汰聽不見的音量這麼回答。不過我覺得她的弦外之音應該是，大家一起聽了事情的前因後果，怎麼可以只有你一個人避開麻煩事，太不公平了，現在正是生死與共的時候。諸如此類的。

「學校裡的結構配置，我幾乎都忘光了呀。」

「只要看到就會想起來的。」

「太熱了，腦袋沒辦法運轉。」

我重重嘆出一口氣。但是環小姐立刻做出了「就是因為熱，才會舉辦試膽大會吧」這種再正確不過的回應。

最近幾天晚上的溫度一直非常高，即便太陽下山，氣溫也沒有下降多少。相對於我不斷用手搧著臉，今天同樣穿著浴衣的環小姐卻是連一滴汗也沒流。今天，環小姐穿著米白色搭配淺茶色條紋的浴衣，綁著一條純黑色的腰帶。

「喔，來了！——喂！在這裡在這裡！」

當我還在沮喪的時候，就聽到櫻汰喊了起來，用力揮動雙手。

「對不起啊，櫻汰。」

「做了一點準備，所以不小心遲到了。」

櫻汰的三個朋友小跑步地跑了過來。一個是個子矮小，頭髮也剃得短短的孩子；另一個是身材高瘦的孩子；最後一個則是有些微胖，畏畏縮縮的孩子。看起來都只是普通的小學生，但是該怎麼說，他們的打扮真的讓人瞠目結舌。

這些孩子的手裡拿著球棒、竹刀，還有護身符和辣椒粉，頭頂上戴著安全帽。而櫻汰其實也從揚羽那裡借來了十字架項鍊，手腕上也戴著水晶念珠。全是一些讓人忍不住吐嘈這支隊伍到底想要打倒什麼東西的裝備。唯一正確的裝備，大概就只有手電筒吧。

「時間正好，沒問題的。介紹一下，這個人是我的親戚，也是我的監護人加納環小姐。然後這個人是環小姐的徒弟小幡洸之介，他是結之丘國小的畢業生。」

「櫻汰平常承蒙你們照顧了。」

環小姐朝著孩子們微微一笑，他們立刻滿臉通紅地重新站好。

「不、不會。」

「我們才是經常受到加納同學的照顧。」

「這兩個人會以保護人的身分陪著我們。」

這並非櫻汰的真心話，不過今天似乎是用這個設定闖關。總不能告訴他們環小姐是妖怪吧。

「兩位，從這邊依序是古賀隼人、坪山義弘，還有水野隆同學。」

櫻汰為我們介紹他的朋友。矮個子的是坪山小弟，瘦巴巴的是古賀小弟，最後胖嘟嘟的是水野小弟。四個小學生開始互相確認彼此的裝備。

現在聽到的櫻汰的說話口吻，跟他在加納裱褙店裡說話時明顯不同，感覺跟普通小學生沒有什麼兩樣。在店內徹底釋放的王子氣勢也悄然隱藏了起來，和另外三人感覺差不多。相信那一定是為了在人類小學生當中生活所必備的演技吧。

不過我有點在意另外一件事，於是小聲地詢問環小姐。

「櫻汰的姓氏是加納？」

「因為姑且是我的親戚嘛。」

「是假名嗎？」

「就是這樣呢。」

「咦？那麼戶籍之類的資料是怎麼處理的？沒有那些東西，就沒辦法入學就讀吧？」

身為天狗的櫻汰，不可能擁有人類的戶籍。但是沒有這些文件，也無法完成入學手續啊？

「那麼簡單的文件，再多都有辦法做出來呀。」

（所以是偽造的？是偽造文書嗎？）

因為衝擊過大，我就這麼瞪大眼睛愣在原地，而環小姐則是眉目含笑地從我面前走過，跟在開始奔跑起來的孩子們身後。

「不等你了喔，洸之介！」

直到櫻汰看不下去似的聲音如同飛箭傳過來為止，我都還維持著原本的姿勢，動彈不得。

「先到中庭去吧。」

在坪山小弟——也就是櫻汰這群朋友當中的帶頭老大——的號令下，一行人在前往問題所在的舊校舍前，決定先到中庭看看。櫻汰他們的目的是趕走幽靈，為此必須先把幽靈吸引過來，於是先舉行了一般的試膽大會。寶物是趁白天的時候，請櫻汰他們的朋友先藏起來了。所以櫻汰他們也不知道東西是放在校園，還是舊校舍裡。

中庭被鋼筋水泥製的新校舍團團包圍，看起來十分昏暗詭異。但是一旦習慣了這份昏暗，小學時期的回憶也跟著回來了。如同環小姐所說，的確只要看到就能回想起來呢。

通往體育館的外部通道，或是連繫二樓的外部樓梯，放在中庭四周、名為裝置藝術的各種雕刻，以及時鐘的位置等等，都還是跟自己過去的記憶一樣。至於不同的地方，大概就只有花壇數量增加，水龍頭換新，還有可能因為我長高了，導致所有東西看起來都小一圈了吧。

晚上的學校有種相當特殊的氣氛，我很不喜歡。如果有人叫我自己一個人去，我應該會被嚇死吧。不過走在前面的櫻汰他們扮相相當古怪，而身旁的環小姐則是徹頭徹尾看好戲的態度，多虧如此，我不知道是沒了幹勁還是怎樣，心裡一點也不緊張，完全遺忘了恐懼。不管是興致勃勃地東張西望的環小姐，還是手裡緊握著十字架的櫻汰，外表看起來是人類沒錯，但實際上都是妖怪啊。想到這一點，我就覺得這場試膽大會莫名滑稽。因為我們現在可是跟令人害怕的對象一起走來走去耶。未免太好笑了吧。

「喔，這種地方竟然有掛畫啊。」

從穿堂窗戶偷看裡面的環小姐，像是相當佩服似地輕聲說道。

「啊啊，那幅油畫，從我還在念小學的時候就掛在那裡了，據說是這間學校的畢業校友畫的。放在中庭裡的裝置藝術和雕刻好像也都是校友的作品。」

「數量這麼多，還挺稀奇的吧？」

「好像是這樣。很久以前，這間學校裡有個對於推展美術不遺餘力的老師，雖然只是間小學，卻興辦了美術社團。那位老師的學生當中，聽說有不少人朝著美術界發展，而且還捐了好幾

樣作品回來。」

「從小學時候開始，就待在能夠接觸到藝術的環境，真是件好事呢。」

「是沒錯，不過保管方面似乎相當費功夫喔，因為其中好像有一些價值不菲的作品。校方對待作品的方式非常用心，移動作品時絕對不會讓小孩子靠近。特別是校長，不知道是神經質還是自私自利，經常嘮嘮叨叨地說著：『這幅畫很貴，不可以亂碰。』所以我以前真的拿那個校長沒轍，根本不敢接近校長室。」

「這種人竟然可以當上校長啊。」

「我也覺得很不可思議。聽櫻汰說，他好像現在還是這間學校的校長喔。」

「不過不管怎麼說，他只會用金錢來衡量藝術的價值，真是太令人遺憾了。」

環小姐的手離開了窗框，朝著一樓教室的陽台走去。教室在月光以及緊急逃生口的燈光照耀下，雖然模糊，但還是隱約可見其輪廓。小學生們風格前衛的畫作就張貼在教室後面，而環小姐則是滿臉笑容地欣賞著。

「環小姐喜歡看畫嗎？」

不管是像剛剛那樣欣賞藝術家的畫作，或是現在觀看小學生塗鴉似的作品，感覺環小姐的眼神和態度都沒有任何不同。

「不管是什麼樣的畫，欣賞起來都很有趣呀。而且也讓人欣慰。」

「欣慰？」

「油畫、水彩、色鉛筆、炭筆……現在這個時代有各式各樣的畫材，可以隨心所欲地購買，自由自在地作畫，對吧？這件事情真的讓人很欣慰啊。」

環小姐把手放在玻璃窗上，瞇起了眼睛。

「以前，畫材是非常昂貴的，並不是所有人都能自由地作畫，只有獲選的一小部分人類，才得以從事繪畫工作。過去是以畫師這個名詞來稱呼畫家，與其說是藝術家，其實更類似工匠。時代越古老，這樣的傾向就越強。」

「原來是工匠嗎？」

我感到很意外。畫家和工匠，感覺應該是完全沒有交集的兩種職業。

「徒弟找人拜師，藉此學習技術，或者是以世襲方式，將作畫技巧流傳下去。像德川時代，隸屬於幕府或藩的御用畫師就是如此。畫師的背後，幾乎可說是一定會有掌權者支持，而他們的工作，就是依照掌權者的要求作畫。雖然也有一些居住在鄉下的畫師，但他們同樣也是依照人們的要求作畫的工匠，而且若是不受歡迎，就會難以維生。那樣實在很難說是自由自在啊。想要畫出前所未見、更美、更壯闊的作品，這樣的想法應該都是一樣的。然而在這漫長的歲月當中，一直要到最近，畫家才有辦法真正完全按照心裡所想的方式畫圖。」

「是這樣的嗎……」

說到畫家，我一直以為從古至今都是像老爸一樣，是一群自由隨興的人。原來不是這樣啊。

「能夠入門學藝的人，雖然同樣只有一小部分，不過只要有一身作畫技術，就會被掌權者收歸己用，畫圖就會成為工作，這麼一來就不需要擔心活不下去。不過最近的畫師——畫圖的人就不一樣了。若是作品不被世人認同，而且沒有人購買自己的作品，就沒辦法維生吧？只有極少部分的人能夠光憑畫圖活下去，這一點始終沒變。畫出廣受眾人好評、彷彿獲選一般、除了技巧之外還擁有『某種東西』的作品——這種做法，可能是更加刻苦的生存方式也說不定。」

環小姐悄悄垂下了目光，離開窗邊。

在她漫長的人生當中，環小姐到底見證了多少畫師，以及畫家的生存方式呢？躍身進入這個備受限制的世界的人，畫得再多也始終不得志的人——這種痛苦的生存方式，以及他們對於繪畫所抱持的思念，全都看在她的眼中。可能就是因為這樣，環小姐才會這麼喜歡欣賞畫作；因為這樣，她才會用這種充滿慈愛的眼神觀看著圖畫也說不定。

回到中庭，皺著眉頭跑過來的櫻汰，就像是攻入城池的武士一般，沉重而簡潔地說道：

「寶物不在這裡，去舊校舍吧。」

和櫻汰說的一樣，舊校舍一樓教室的窗鎖壞了，我們輕輕鬆鬆就成功闖入。舊校舍不像新校舍有設置緊急逃生用的燈光，裡面一片漆黑。要是沒有手電筒，肯定什麼也看不見。我突然了解為什麼會流行在這裡舉辦試膽大會了，這裡超恐怖的，感覺真的會有東西跑出來啊！

舊校舍的木板走廊，每走一步就會發出嘰嘰嘰的擠壓聲。這個聲音更加深了恐怖的感覺。

「還、還是不要這樣做吧……」

才剛進去，胖嘟嘟的水野小弟立刻害怕地這麼說。

「我們快點回去啦……！」

「才剛進來而已，你說這是什麼話啊！」

帶頭的坪山小弟開口斥責，但是水野小弟還是止不住地發抖。這實在不能怪他啊，我真心這麼想。如果我是小學生，我也一定會嚇個半死的。

「上次進來舊校舍的時候，大家是分頭尋找寶物的，結果啟司立刻就不見了。」

古賀小弟有點懊惱似地這麼說。上次參加試膽大會的人是坪山小弟和古賀小弟，水野小弟似乎跟櫻汰一樣，因為家裡有事所以沒參加。

「這次的目的不是尋寶，而是趕走幽靈。所以大家要一起行動，絕對不要走散了！」

坪山小弟鏗鏘有力地這麼說完，其他孩子們立刻表情嚴肅地點了點頭。知道大家會一起行動後，水野小弟似乎稍微放下心來，輕輕呼出一口氣。

「那麼，就從一樓開始吧。」

櫻汰和坪山小弟開路，隨後是水野小弟、古賀小弟、環小姐，而我則是殿後。我們在積滿灰

塵的走廊上前進，從盡頭的教室開始一間間檢查。

因為這裡被當成了倉庫，到處堆滿了桌椅、過去當成教材使用的世界地圖和書本、三角板，還有在運動會中使用的看板之類的東西。櫻汰與他的朋友們仗著個子小，一邊鑽進雜物之間，一邊仰賴手電筒的燈光尋找寶藏。我和環小姐則是站在教室門口，守護著他們的行動。

雖然很暗，不過和我當初在學的時候相比，這間舊校舍內部真的沒什麼改變呢，這種亂七八糟的感覺真讓人懷念。我開始張望著走廊與教室。

這時，視線一角突然有個發亮的東西一閃而過。難道是幽靈？我瞬間警戒起來，不過仔細一看，才發現那是一張倒立放在桌子上的新椅子的椅腳。想必是那銀色的表面反射了月光吧。

「怎麼了？」

「剛剛隔壁教室的椅子亮了一下，我有點嚇到。」

我如實地這麼一說，環小姐頓時笑了出來。

「因為不管多麼微弱的光線，金和銀都會反射呀。」

聽到環小姐的這句話，我想起了之前我和環小姐的對話內容。在眾多綾布當中的高級品，會加入金或銀。那是為什麼呢？

「難不成會在一文字或隔水位置選用加了金色或銀色花紋的綾布，就是因為這個效果？」

和現代的住家相比，懸掛著掛軸的日式住宅是非常昏暗的，環小姐的家也是如此。若是在其中懸掛色調較暗的畫作，肯定一點也不起眼。讓不起眼的畫心變得顯眼起來，這應該是裱褙的功用之一。若是使用了含有金銀的材質，就能對微小的光線反射，即使是在陰暗的房間裡，也能有引人注目的效果。會不會就是因為這個效果呢？此外，如果是那種程度的微光，就算用豪華的綾布裱褙，看起來也應該不會太過花俏才對。

「以前的掛軸，大多都是神佛畫，其次就是高僧所寫的書法。有一說認為，使用該名僧侶的袈裟來裱褙，就是將金襴用於裱褙的起源。」

所謂金襴，是加了金縷的綾布。常用於製作和服腰帶等物品，是非常豪華又昂貴的東西。

「昏暗的室內，包圍在神佛四周的裝裱部分微微發光。如此一來就會引人注目，傳達出掛軸的存在感——雖然不知道這個效果是刻意為之還是純粹偶然，不過在這個國家的建築物裡，倒是有絕佳的效果。」

不像現在，以前沒有電，自然不會有按下開關便大放光明的狀況。當時所謂的光，是人類無法自由製造出來、最為遙不可及的東西吧。所以一定就像神明一樣，是受人尊崇之物。

想到這裡，我就覺得我們真的非常幸福啊。所有地方都有電燈，不會黑到伸手不見五指。就算是沒電的地方，也有手電筒可用。

「好像不在這間教室裡。」

「去下一間吧。」

孩子們一邊拍著身上的灰塵，一邊走出教室。

之後，我們依序找遍了一樓的教室，最後還是沒有找到寶藏。溜進學校已過了良久，但是孩子們就像是不知疲勞為何物般用力踩著步伐，走上二樓。每當要把腳踩在嘰呀作響的樓梯上時，水野小弟似乎都會有點害怕，不過其他成員倒是全都生龍活虎。其中當然也包括環小姐。

「再從那邊的教室開始找起吧。」

二樓教室裡的雜物不像一樓那麼多。應該是因為擔心東西堆太多會導致重量壓穿樓板，而且搬上二樓也比較麻煩的關係吧。然而就算如此，教室裡依然像個迷宮一樣。

「這裡也沒有嗎……」

「下一間、下一間。」

就在我們走出第一間教室，準備往下一間移動的時候。我突然感受到一股難以言喻的不協調，隨後我立刻發現，手電筒燈光變得比剛剛少了。

「有點奇怪。」

我這麼一說，大家紛紛回頭看了過來。

「什麼事？」

「燈光變少了。」

這時大家才猛然回神。櫻汰大叫：

「古賀同學不見了！」

「咦？剛才明明還在的啊！」

「剛才是什麼時候啊？」

「就是剛進教室的時候啊！他就站在我的旁邊。」

我也有看到那一幕。古賀小弟就站在水野小弟旁邊，一起走進了教室裡的迷宮。是在那個時候走散了嗎？

「那麼，他會不會還在剛剛那間教室裡？」

不對，不可能。那間教室已經沒有人了。我是確認了這一點，才繼續走在孩子們的身後。

可是這麼一來的話，古賀小弟到底消失到哪裡去了？

「嗚哇啊啊！」

水野小弟發出了慘叫。

「怎麼了！水野？」

「剛剛是誰碰了我的腳？」

「沒有啊。」

「沒有人碰你。」

「嗚哇！又來了！」

櫻汰和坪山小弟站在水野小弟旁邊，但是兩人都沒有任何動作。

也就是說——是幽靈？

「哇啊啊啊！」

水野小弟已經完全陷入恐慌狀態，開始放聲大哭。

「我受夠了啦！所以我才不想來這種地方啊！我一開始就堅持不要來，一直反對的呀！」

「冷靜一點，水野——嗚哇！」

突然，坪山小弟原地跪倒。他的膝蓋重重撞上地板，痛得抱住自己的腳。

「好痛！剛剛有人拉了我的腳！」

原本冷靜的坪山小弟身上突然發生了詭異的事。以此為爆發點，至今一直強壓下來的東西彷彿洪水潰堤一般，一口氣噴發出來。

「不要啊啊啊！」

水野小弟發出慘叫，突然跑了出去。

「水野同學！」

櫻汰立刻追了上去，我也趕緊跟在後面。

水野小弟的腳程之快，從他的體型根本無從聯想——事後回想起來，當時一定是因為「幽靈」也出了一份力的關係吧。

隨後，水野小弟跑到了走廊盡頭的窗戶旁邊。一旦來到這裡，就沒有其他路可走了，相信馬上就能抓住他。我瞬間鬆了口氣，不對，是鬆懈了下來。

神奇的是，原本應該上鎖的窗戶，卻在水野小弟手中毫無阻礙地打開。然後他跨上了窗框。

「等等！水野同學！」

櫻汰大喊。就在他的手即將抓到水野小弟背後的前一刻——水野小弟的背影消失了。

櫻汰毫不遲疑地跳過窗框，繼續追下去。

「櫻汰！」

一切都發生在短短數秒之間。

但是在我眼中，這一瞬間就像是慢動作一樣清晰分明。

當我從窗戶探出身子時，第一個看到的東西是櫻汰的背影。

他的背後，長出了如同烏鴉般閃著光澤的漆黑羽翼。

然後櫻汰的手碰到了水野小弟的身體，就在他的身體還差一公分就要撞上地面的時候，彷彿有種看不見的力量向上托住，讓水野小弟輕飄飄地浮了起來，最後安然著地。

如夢一般的光景，讓我有點愣住了。不過我立刻回過神來，朝著櫻汰他們大喊。

「櫻汰！你們兩個沒事吧？」

「我們沒事！」

水野小弟癱倒在地，看來似乎是沒了意識，不過身上也沒什麼傷。櫻汰一邊撐著他，一邊拍動著背上的翅膀，滿臉笑容地回答。

他的表情，已經恢復成平常在店裡看到的那個天狗王子的表情了。說的也是，櫻汰是天狗嘛。所以才會長出那樣的翅膀，成功搭救了水野小弟啊。

我的手還留在窗框上，整個人虛脫似地坐倒在地。

「啊——幸好櫻汰是天狗啊……」

我打從心底感謝櫻汰不是人類。儘管從這個高度掉下去多半不會致死，但要是不小心撞到了頭，也一定會受重傷吧。

我真的嚇得全身發抖，這比任何試膽大會都更讓人全身發涼啊。

「洸之介！他們兩個呢？」

環小姐充滿擔憂的聲音從後方傳了過來。

「兩個人都沒事，也沒有受傷。」

「太好了……！」

在環小姐的攙扶下才站起身來的坪山小弟，帶著一臉快哭的表情呼出一口氣，放心下來。

「坪山小弟呢？」

我這麼一問，坪山小弟立刻精力充沛地回答：

「我沒事。只是稍微撞到膝蓋而已。」

「洸之介，你先去櫻汰他們那邊吧。我和這個孩子隨後就到。」

「好的。」

我衝下了嘰呀作響的樓梯，迅速跑出校舍。

櫻汰已經讓水野小弟躺在剛剛著地的地方。

「櫻汰，水野小弟也沒受傷吧？」

「連一點擦傷都沒有，不用擔心。」

櫻汰背後的翅膀已經不見了。我暗自心想剛剛那一幕說不定只是幻覺，不過櫻汰的T恤背後的確破了一個大洞，所以果然是真的呢。我轉念又這麼想著。

「櫻汰，要是不想個理由解釋一下那個大洞，坪山小弟會擔心喔。」

「是嗎？那就假裝我跌倒了，然後不小心勾破的吧。」

我在櫻汰的請求之下，在T恤破掉的地方抹上一些泥土。衣服破了這麼大的洞，身上卻連一點傷都沒有，其實也相當可疑，不過算了，船到橋頭自然直吧。明明是從二樓掉下來，沒有受傷、身上又沒有半點泥土可能更奇怪。

就在我邊想邊抬頭看著櫻汰他們摔下來的舊校舍時，我忽然發現眼前這片木板牆上，有個看似生鏽把手的東西。這片有把手的牆壁，是一扇巨大的門。

「這扇門是什麼？」

從地點以及這扇門的造型來看，這應該是倉庫吧。我從來不知道這裡竟然有間倉庫，櫻汰似乎也不知情，畢竟大家平常都不會刻意繞到舊校舍的後面來。

我試著用力拉拉看。原本打的如意算盤是這扇門肯定動也不動，但它卻喀嚓一聲打開了。

「開了耶。」

「開了呢。」

我和櫻汰互看一眼，小心翼翼地走了進去。打開手電筒照了照，裡面不是空蕩蕩的房間，看來果然還是一間倉庫。感覺應該很少人使用這裡吧？雖然大門輕輕鬆鬆就打開了。除了堆在角落的木箱等物品，就只剩下灰塵和蜘蛛網。然而當手電筒朝著木箱後面照去時，金色的圓形光圈當中出現了一隻蒼白的手。那是——

「古賀小弟！」

古賀小弟就像是靠著木箱軟倒在地。

我們立刻彈起來似地衝了過去。古賀小弟身上沒有外傷，看起來應該只是睡著了。

「太好了！」

「不過，為什麼他會在這裡？」

我和櫻汰同時歪著頭沉思，這時，門口方向突然照進了手電筒的燈光。

「櫻汰！你在這裡嗎？」

「坪山同學！我找到古賀同學了！」

「真的嗎？」

坪山小弟的眼睛如同字面所述一般睜得斗大，急忙衝了過來。環小姐也隨後抵達。能夠跑步，就表示坪山小弟腳上的傷勢沒有大礙吧。我稍微安心了一點。

我們一起把古賀小弟搬了出來，讓他躺在水野小弟的旁邊。他們兩人沒事真的太好了。再怎麼說，我都是以領隊或類似監護人的身分一起過來的，所以多少還是有感受到一點責任。

我輕輕呼出一口氣。這時，環小姐露出了詫異的表情問我：

「洸之介，這花瓣是哪裡來的？」

「咦？花瓣？」

聽到環小姐這麼說我才注意到，我的肩膀上落著一片淡粉紅色的小小花瓣。用手一摸，確實是真花的花瓣。可是我至今只有走進舊校舍和眼前的這個倉庫，這些地方可不會有花啊。

「嗯哼。」

環小姐先是反反覆覆地盯著花瓣看，然後再快步進入倉庫。我也連忙跟了進去。

可能是因為一直保持密閉空間的關係，儘管是在這個季節，倉庫裡仍然十分乾燥，還有一點涼意，充滿灰塵的空氣撲鼻而來。在這片空空蕩蕩的空間裡，環小姐突然在深處一個木箱前站定

不動。那個木箱裡，有個看似木棍的東西凸了出來，指向天花板。

「就是這個吧……」

環小姐伸手握住木棍，用力抽了出來。

那是一捆掛軸。兩端的裝裱處不只破破爛爛的，而且已經泛黑汙損，連軸頭都掉了。這幅布滿灰塵的掛軸，肯定屬於非常骯髒的範疇。環小姐剛把畫軸外面的繫帶鬆開，耳邊立刻傳來了風聲——櫻花香氣頓時飄蕩開來。

環小姐展開了掛軸。

畫心上畫的是在月光照耀下的夜櫻。淡淡卵黃色的月亮下，無限趨近於白色的粉紅色櫻花，正在細細的枝椏上爭相怒放。我覺得這是一幅非常美麗、寧靜的畫。同時，我心中也興起一股無法用言語表達的騷動。

風開始吹拂。櫻花樹枝隨之搖盪，花朵亦隨之搖盪，花瓣紛紛散落，隨風而去。這是落櫻吹雪的景致。風漸漸變強，最後更像是暴風雨一般猛烈。這陣風是從圖畫裡面朝著我們吹動，而花瓣也如同暴風雪一樣直撲而來。

視野當中清一色是白色花瓣。花瓣從畫裡飛了出來，在昏暗的倉庫裡舞動。

圖畫在動，而且連這個世界都受到了影響。

這幅畫——跟老爸的畫是一樣的情況。

「難道幽靈的真面目就是這個？」

若是如此，就可以解釋古賀小弟為什麼會出現在這裡了。黑暗又寂寞無比的地方，形容的應該就是這間倉庫吧。

可是，這當中到底有什麼涵義呢？

「如果只在這棟舊校舍裡舉辦試膽大會，就不會出現任何怪事。然而一旦加進了尋寶活動，就會有小孩子失蹤。失蹤的孩子都會在學校裡被人發現，而手裡則握著櫻花花瓣。沒錯吧？」

環小姐始終凝視著掛軸，如此輕聲問道。我生硬地點頭回應。

「原來如此，原來是這麼一回事啊。」

「咦？是怎麼一回事呢？」

「這間學校裡，展示出許多美術作品。而且全都是受到大眾認同、僅出自於一小部分人之手的作品。因為這樣，這些作品才得以被慎重處理、展示，讓孩子們鑑賞。」

環小姐輕輕撫摸著破舊不堪的裝裱部位。

「我不知道這幅畫的作者是誰，也不知道它是經過了多少曲折才被扔到這個地方來。不過以這種對待方式來看，相信這一定不是那一小部分的人，而是無名畫家的作品吧。從來不曾現身於世，更沒有機會接觸人們的目光。所以，它才會羨慕起掛在學校裡的其他作品吧。希望人們看到自己，希望人們知道自己在這裡，希望人們找出自己——而這樣的思念，正好和孩子們的尋寶活

動互相呼應。」

「那麼，小孩子之所以會失蹤……」

「是為了煽動那些孩子們吧。讓他們握住櫻花花瓣的原因，應該也是為了表明這個意思。這幅畫希望不是透過別人，而是透過這裡的孩子們之手把自己找出來啊。」

這幅畫深埋在倉庫裡多少年了？明明聽得見孩子們在遠方的腳步聲與歡笑聲，感覺得到他們觀看其他畫作，但是自己卻連離開這裡都辦不到。就算試著發出聲音，也傳不進他們耳中。

明明就在身旁，明明自己就在這裡，明明希望他們注意到自己，但是卻傳達不出去。快點找到我吧、找到我、找到我——

「是嗎……原來這幅畫希望我們找到它嗎……」

櫻汰不知是何時進來的，他的聲音在倉庫裡響了起來。

「櫻汰……」

他以平靜的步伐從我面前走過，靠近畫軸。

「……希望別人知道自己的存在，但是始終沒人注意到，只能為了自己的無力感悲傷懊惱，根本無計可施，對吧……我可以了解它的心情。」

櫻汰露出了泫然欲泣的表情，緊咬著嘴唇。

那不是我至今看到的天狗王子的表情，也不是假裝成小學四年級的人類小孩的表情。那應該是隱藏在重重面具之下、屬於櫻汰這名少年真正的表情吧，我想。

可能是櫻汰的真心傳達過去了吧，從掛軸當中吹出來的狂風逐漸轉弱，最後畫中的風景也不再有動作。櫻汰用手掌用力抹去了自己眼角的淚水。

「我還沒有辦法原諒它把古賀同學關起來、讓坪山同學受傷，還有害水野同學嚇到哭出來這些事，不過這一次就先付諸流水吧。反正大家都沒事了嘛。」

櫻汰仰頭看向環小姐。

「環，妳可以修好這幅畫嗎？」

「可以呀。」環小姐聳了聳肩，如此回答。

「那就拜託妳了。啊，報酬就等到我出人頭地再給妳喔。」

櫻汰露出了平常的王子笑容這麼說完，隨即跑回其他孩子的身邊。

環小姐小心翼翼地捲起掛軸，朝著櫻汰跑掉的方向凝視良久，然後輕聲說道：

「像我們這種非人類的生物，能夠生存的地區數量已經大不如前了。現在，就有些同伴是下定決心離開難以繼續居住的地方，變身成人類，潛伏在人類社會當中生活。」

「像環小姐這樣？」

「我是因為和雙方都有交集，算是處在不上不下的位置吧。阿樹和揚羽也差不多。不過，就算是現在，也還是有堅持和人類保持距離、獨立生存的同伴。天狗就是當中的代表，他們還是像

以前一樣，在深山裡建立自己的國度或村落，生活其中……」

環小姐在畫軸外捆上繫帶。動作非常熟練流暢。

「這到底能夠持續到什麼時候呢……畢竟天狗們同樣無法抗拒時代的演變啊。是要和人類世界共存，還是要繼續憑著一口氣堅守獨立，如今正是他們不得不做出抉擇的時候。櫻汰的父親希望能與人類共存，但是反對派也一直不肯退讓，現在可說是權力鬥爭的最高峰。所以他才會把自己的繼承人櫻汰託付給我，為了讓櫻汰了解人類的世界，總有一天一起走上共存之路，同時也讓他免於遭受反對派的毒手。」

環小姐從和服袖子裡拿出包袱巾，將掛軸裹了起來。

「櫻汰自己也知道這一切，所以才會毫無怨言地拚命學習人類世界的事物。沒有多少成年的天狗注意到他的努力，但是他一直鼓勵著自己，目前所學的東西總有一天會對天狗有益，等到那一天再獲得肯定就好，不斷努力著。」

環小姐將包袱巾的兩個角落用力綁在一起。

「可是呢，畢竟還是會寂寞呀，因為就連暑假都沒辦法見上一面。櫻汰的父親真的很忙，以前他們還在一起生活時，據說也是因為太過忙碌，彼此幾乎沒有機會見到面或是好好說話。」

我想起了五十嵐先生來訪時的櫻汰。他知道父親不能來時，表現出來的失落感，以及他為了不讓周遭的大人擔心，硬是擠出來的笑容。當時的笑容裡，原來包含了這麼多理由啊。

「正因為如此，他才會把自己的遭遇，和這幅一直埋藏在這裡的掛軸相重疊吧。」

環小姐微微垂下了雙眼。她的側臉看起來非常寂寞，讓我忍不住脫口發問。

「環小姐也曾經有過，希望別人發現自己之類的想法嗎？」

環小姐只對我落寞地笑了笑，沒有多做回答。

我們從倉庫裡出來後不久，水野小弟和古賀小弟都醒了過來。從進入舊校舍之後開始，兩人的記憶都十分模糊，而且還對於自己為什麼會躺在這種地方，感到驚訝不已。

「這全是幽靈的傑作！」

坪山小弟有點興奮地說出事情經過，兩人都變了臉色。

「那麼，就在幽靈繼續找你們惡作劇之前，先回去吧？」

環小姐以悠然自得的口吻提出建議，而孩子們也立刻老實地點頭。畢竟還是會怕嘛。

至於掛軸，由於解釋起來會變得很麻煩，所以雖然不太好意思，但還是對他們三人保密了。感覺好像會害他們更加害怕。

我看了看手錶，時間已經過了十一點。因為這個時間實在不能讓小學生獨自一人遊蕩，所以決定把他們一個一個送回家。剛抵達距離最近的古賀小弟的家，就發現他的父母早已鬧得不可開交。看來孩子們都是瞞著父母，偷偷溜出家門的。一旦確認古賀小弟沒事，他們馬上就開始永無

止境的長篇說教。

在此等劣勢之下，古賀小弟整個人越縮越小。將他救出困境的，是櫻汰和環小姐。

「都是我硬找他過來的！全部都是我不好！」

眼中含淚的櫻汰不斷發動「都是我的錯」的攻勢。此外……

「我們家的櫻汰造成府上這麼大的困擾，實在非常抱歉！這麼一個任性的孩子，實在讓我們羞於見人……」

再加上環小姐怒濤般的道歉攻勢，說教終於以最小程度作結，總算是大事化小、小事化無。這兩人的搭檔攻擊實在太強了，我今天終於親眼見識到用話術哄騙人的模樣了。

「櫻汰，感覺你好像變成壞人了，這樣好嗎？」

將坪山小弟和水野小弟平安送回家門之後，我隨口這麼一問。

「將來要是繼承父親大人的位子，成為天狗之王，就必須背負更大的責任了。身為一國之王，若不做好背負汙名的覺悟，是沒有辦法保護自己的人民。所以這點小事根本不算什麼啦。」

櫻汰挺起胸膛這麼說道。天狗的王子果然帥氣啊！氣度之大更是完全不同。我一邊看著他如字面所述背負著汙泥的背影，一邊默默這麼想著。

過了一陣子，在環小姐的巧手之下，夜櫻畫完美地重獲新生。

一文字與飄帶，選擇了如同月光一般交織著金色花紋的淡黃色。隔水與邊用了偏藍的灰色，天地則是無花紋的淺茶色。我是在鑲接——連接畫心與綾布——的手續完成後，就先看到了半成品，但仍然不由自主地發出了讚嘆。由我這個超級大外行說這種話實在有點怪，不過如此裱褙真的絲毫無損畫心表現出來的幽玄及寧靜春夜的氣息，甚至將畫中世界的意境更加深了一層。

看到這裱褙功夫，我覺得自己似乎理解了師傅所說的「畫心是生是死，全看裱褙」這句話的意義。不論作品多麼美麗，如果裝裱破破爛爛，自然任何人都不屑一顧。就像我們在倉庫裡找到的這幅畫一般。有畫心，同時也有與之相襯的裝裱。不是因為有其一，而是同時兼具兩者，才有辦法完成一幅值得人們鑑賞的美術品吧。

我相信這幅畫將來絕對不會再次碰上無人欣賞，收進倉庫遭人遺忘的狀況了吧。只要有環小姐的裱褙，就不會有問題。

那麼，櫻汰又如何呢？離開父母身邊，獨自一人待在人類社會努力學習的櫻汰。他的努力以及他的存在，到底會不會有成年人注意到，並予以肯定呢？他難道不會就此埋沒在人類世界裡，無人聞問呢？

想到這裡，我可以肯定他絕對不需要擔心。

為了朋友而果敢面對「幽靈」的小孩已不多見了。現今罕見、充滿正義感的孩子們——像坪山小弟這群朋友，他們之所以會聚集在櫻汰周圍，相信一定是因為櫻汰身上具備了某種讓他們聚

集的因素。這不就是所謂的物以類聚嗎？儘管現在沒有，櫻汰將來一定能夠在天狗世界找到如同坪山小弟他們一樣的同伴。而且現在還有五十嵐先生，另外也有同為妖怪的揚羽和阿樹。

此外最重要的，還有活了五百年之久的妖狐環小姐。

漸漸地，聚集在櫻汰周圍的人們，會讓櫻汰更加閃亮耀眼。

所以，一定不會有問題的。

「怎麼了，洸之介？」

我一直盯著櫻汰看，而他滿臉訝異地回頭望著我。

「沒什麼，只是在想這幅掛軸完成之後要怎麼辦而已。」

「這個……我還沒想過呢。」

櫻汰皺著眉頭，相當頭痛似地回答。就算要賣，無名畫家的作品別說是被買下，甚至不會有人要收下吧。雖然我覺得這是一幅好畫，但這個和那個是兩碼子事，現實世界是很殘酷的。

「這幅畫希望欣賞它的人是小學的孩子們。所以，掛在學校裡應該是最好的方法吧。」

「這樣太好了！」

環小姐一說完，櫻汰立刻舉起雙手贊成。

「可是，這該怎麼做呢？」

「那間學校的校長，在金錢方面很囉唆又很自私自利吧？」

「啊，是……」

環小姐不懷好意似地笑了。那絕對是正在策劃某件事的表情。

「環小姐，妳在打什麼主意？」

「我只是有個想法而已。」

我就是對那個想法感到不安啊。

這股不安可能直接表現在我臉上了，環小姐像是為了讓我安心似地說：「哎，我不會做什麼壞事啦。」直到後來，我才深深後悔當時實在應該對環小姐的那個「想法」多問一些問題的。

事情將會發生在掛軸完成之後幾個月的初冬時節。環小姐帶著五十嵐先生一同前往結之丘小學。身上穿著看似昂貴和服的環小姐，手裡拿著裝有完成品掛軸的桐木箱，毫不猶豫地穿過教職員辦公室，直闖校長室。哇嗚，該不會是怪獸家長吧（❖註4）？老師們與校長戰戰兢兢，嚴陣以待。當著他們的面，環小姐把掛軸拿了出來，說出自己想要捐贈這幅畫。

除此之外……

「這幅畫的作者，雖然擁有眾所矚目的才能，但是卻在年輕時便因病去世……」

作品不多，所以更顯得稀有，而且還曾在某某著名畫展上得獎，擔任評鑑委員的某某畫家也

❖註4：指過分保護、溺愛孩子，為避免孩子受到傷害，向學校提出無理取鬧要求的家長。

對他的作品讚不絕口——

哎，總之就是捏造出一大堆有的沒的，最後還補上致命一擊「目前的價格應該絕不低於數百萬」，然後強迫校長答應一定會把掛軸放在孩子們看得到的地方。諸如此類的狀況，使得我們這些之後才會聽說這件事情的人將要承受嚇得差點心臟停止、這麼膽戰心驚的未來。

還不知道事情將會變成這樣的我，只覺得：「嗯，不錯，總而言之，把這幅畫掛在學校裡是個不錯的主意，所以這點我也贊成。」我現在只能考慮到這樣的程度。此外，「這麼一來，我就沒什麼機會看到這幅畫了呢。」雖說是母校，但還是沒辦法頻繁地前往觀賞。當我這麼一說，環小姐隨即露出了苦笑。

「那麼，等到春天來了，我們再一起去賞花吧。」

「好主意。那麼賞花時的便當該怎麼辦呢？啊，我可不要吃漢堡喔。」

「讓五十嵐做吧。五十嵐可是很會做料理的！」

我們開始悠悠哉哉地討論起要去哪一座公園賞花、要由誰負責占位，完全沉浸於賞花話題當中，環小姐的那個「想法」已經被我拋到九霄雲外，根本不知道令人驚愕的未來正在等著自己。心裡唯一的念頭，就是如果眼前櫻汰的笑容能夠永遠維持下去就好了。

第三章

狸貓的故事

不同於有人通行的玉響通，平常幾乎沒有人會轉進綾櫛小巷這條小徑來。裡面只有加納裱褙店這一間商店，上門的客人也幾乎趨近於無。到頭來會出入這間店的，就只剩下店長環小姐認識的人。

除此之外，綾櫛小巷的巷口處，還有香菸舖的阿婆一邊賣香菸一邊監視，憑著好奇心走進來的人，全部都會被趕走。據說環小姐好像曾經出手幫助阿婆的祖先，為了報恩，後代子孫才會代代負責監視的工作。因為這樣，所以我第一次在白天來訪時才會突然被要求報上名字，之後更得知森島的學長還被大聲臭罵了一頓。

哎，這種事情先擺一邊，我之所以會滔滔不絕地解釋這些事，其實只是想表達綾櫛小巷平常只有環小姐認識的人才有辦法進來而已。

那一天，我也同樣為了獲得師傅的指導，於是在放學之後前往環小姐家。讓我傷透腦筋的綾布，總算在暑假結束的時候做出了決定。等到文化季也手忙腳亂地結束後，我終於可以進行下一道手續，也就是製作漿糊。

這時，我看到了一個平常應該不可能看到的光景。有個不曾見過的男人，從小巷裡走了出來。這人的年紀比兵助先生稍微年長一點，大概不到三十五歲吧，有著細長的眼睛，以及刻意抓出造型的微長黑髮；身上穿著品味出眾的外套、襯衫和緊身的黑色牛仔褲，雖然一點也不花俏，但第一印象卻是相當引人注目。

因為太過訝異，我不自覺地停下腳步凝視那個男人。結果對方可能是注意到我不太禮貌的視線，朝著我走了過來。我還在暗自驚慌的時候，男人先露出了溫和的笑容，向我搭話。

「你就是環的新徒弟嗎？」

「啊，嗯，是的……唔。」

他的臉色十分普通，卻有股讓人忍不住掩鼻的酒臭。現在大白天的，這個人到底喝了多少酒啊？我下意識地停止了呼吸。我的反應似乎被對方發現，只見他絲毫不愧疚地說道：「啊，酒臭味很重嗎？真不好意思啊。」接著哈哈哈地笑了起來。

「哎，你就好好加油吧。」

他輕輕拍了我的肩膀，隨後一邊朝著身後揮手一邊離開。

「那個人是怎麼回事啊？」

我呆滯地目送他的背影遠去。既然香菸舖的阿婆放他進去，就表示他一定認識環小姐吧。

「搞不好不是人類呢。」

應該八九不離十吧。肯定沒錯。我直覺地這麼認為。如果是普通人，絕對不可能散發出這麼濃重的酒味，卻還是一副若無其事的模樣。

我一直等到自己的內心和嗅覺全都冷靜下來後，才像平常一樣穿過加納裱褙店的門簾。然後我立刻不由自主地皺起了臉，這一次不是在心裡大喊，而是直接叫了出來。

「嗚哇！酒味好重！」

店裡充滿著酒精味，光憑這股味道，就足以讓人酒醉了。到底發生了什麼事？我朝著店內望去，立刻發現矮桌被一群老面孔團團包圍。身穿散落著銀杏葉的紫色和服的環小姐，坐在她對面的人則是阿樹。今天的阿樹不像平常一樣是輕鬆的打扮，而是穿著看似十分昂貴的西裝。此外還有穿著制服的揚羽和櫻汰。如果僅止如此，那麼就和平常熟悉的風景沒兩樣。但是矮桌四周滾落著大量酒瓶，而桌上也同樣擺放著數量驚人的下酒菜。

「歡迎你來啊，洸之介。」

「呵呼嘻嘻！」

接在店長環小姐之後說話的，是嘴裡叼著洋蔥圈的櫻汰。阿樹和揚羽也各自舉起了手中的精雕玻璃杯。不必說，裡面裝的肯定是酒。姑且先不論阿樹，揚羽可以喝酒嗎？雖然外表年齡只有十幾歲，不過畢竟是貓又嘛，一定早就超過二十歲了吧。我在心中唱著獨腳戲。

我小心翼翼地避開滿地的酒瓶，走進了和室。然後隨手撿起一個酒瓶看了看，立刻嚇得瞪大眼睛。這是粉紅香檳王吧？就是一瓶要價快兩萬日圓的高級香檳。因為媽媽曾經洋洋得意地帶了一瓶回家，所以我有印象。其他還有紅酒和威士忌，從洋酒、中國酒到日本酒等，各式各樣的酒瓶到處滾來滾去，而且每一瓶看起來都不便宜。

「為什麼會有這麼多高級酒？」

「是阿樹給的。」

「阿樹給的？」

揚羽看了阿樹一眼。而阿樹正一口氣喝乾了杯子裡的酒。

「我果然是個成事不足、敗事有餘的狸貓！」

隨後趴在矮桌上大聲喊叫。

「竟然連結婚詐欺都辦不到……！」

「啊？」我懷疑自己是不是聽錯了。

（咦？他剛剛說什麼？什麼意思？結婚詐欺？）

我正在疑惑時，發現我的狀況的揚羽開始親切地解說。

「像我們這樣混在人群當中生活的妖怪其實相當多，因為能夠偷偷過日子的地方變少了嘛。於是這麼一來，我們就不得不徹底化身成人類並開始工作。狸貓不是很擅長變身嗎？所以一旦開始在人類世界當中生活，他們就把這一點活用在工作上，變身成人類賺錢。所有在人類當中生活的狸貓，都是超一流的詐欺師喔。」

揚羽喝了一大口酒。從顏色和氣味來看，杯子裡裝的應該是日本酒吧。

「然後所有詐欺活動當中，最簡單的就是結婚詐欺了。畢竟狸貓會變身啊，所以長相和身材全部都能隨心所欲地改變不是嗎？之後只要用花言巧語騙對方上鉤就行了。」

高挑的身材、結實的肉體，還有女性應該會喜歡的溫柔順眼的長相。要是這種人主動接近，女生們大概會開心得暈頭轉向。應該吧。不過我是男的，只會把他看成是喝太多的醉鬼。

「所以，對狸貓來說，做到結婚詐欺是最理所當然的事了，可是那傢伙卻辦不到啊。」

「但是，那件事情和這些酒瓶有什麼關係嗎？」

「講白一點就是分手費啦。詐欺失敗了。」

「不是成功？」

「不是成功，因為那傢伙被甩了啊。」

能夠拿到這麼多昂貴的酒，這樣難道不算是詐欺成功嗎？然而揚羽搖著頭回答：

「能和你交往，我真的很開心，感覺就像是作了美夢一樣，謝謝你帶給我美好的回憶。這是我的一點心意，真的很感謝你，再見了——聽說對方是這麼對他說的。」

櫻汰面無表情地重現了分手時的光景。該怎麼說呢，真的是非常和平的分手狀況啊。

「簡單來講，就是感受不到一個男人應有的魅力啦，所以才會被人擅自定位成回憶啊。」

「嗚哇啊啊！加奈小姐——！」

阿樹提高了音量大叫。環小姐立刻添滿了另一杯酒，而阿樹連眼淚都不擦，直接當成水一樣大口大口地灌下去。

「這邊全部都是高級酒啊。那個加奈小姐到底是什麼人物？」

「聽說是個五十多歲的女強人老闆，所以買這點小東西肯定不痛不癢。阿樹是在昨天晚上把東西拿來這裡的，然後就一直都是那副模樣。」

「那不就是快要喝上一整天了嗎？」

我張口結舌地看著喝酒速度完全沒變慢的兩人。環小姐是邊笑邊喝，側臉看起來和平常一模一樣。果然不是人類吧。啊，對了，是狐狸來著。

「昨天兵助也在，不過他早早就醉到不醒人事，今天一大早就回去了。」

「嗯哼。兵助喜歡喝酒，但是酒量很差呀。」

所以剛剛在外面看到的那個男人，一定也是酒會成員之一吧。而且酒臭味超重的。

說出這件事之後，環小姐回答：「啊啊，那是喬治吧。」

「鷲谷喬治。他是我認識多年的酒友，偶爾會過來玩一下。」

環小姐認識多年的酒友，肯定不只是數十年，而是數百年前就認識的超級老朋友吧。我們對於時間的感覺應該是天差地遠。

「現在這樣，也是經常發生的事。」

「像阿樹的抱怨，也都已經習慣了呢。每次被甩，他就會跑來這裡喝悶酒啊。」

一手拿著酒杯的環小姐和揚羽露出苦笑。看來真的已經是例行公事了。

「那個，大概是從多早以前開始的啊？」

「我開始出入環小姐的店時，阿樹就已經是這裡的老面孔了。用現在的說法，就是幕末時期吧（註5）。那個時候還住在江戶地區。對吧，環小姐？」

「啊啊，真讓人懷念呢。之前住在江戶時，店鋪比現在小得多，而且牆壁也很薄，每次阿樹一開始抱怨，隔壁就會有人過來抗議聲音太大了。」

「話說江戶地區，環小姐以前住在東京啊？」

我還一直以為他們從以前就住在這個地方，所以感到有點驚訝。

「原本是呀。一直到昭和時期戰爭開打，大家為了空襲之類的事情鬧得不可開交，然後就被疏散到這裡來了。」

當時都是多虧了佐伯家幫忙打點呢。環小姐相當懷念似地回顧著過去。

「和阿樹也是在江戶認識的嗎？」

「是呀。大概是在享保饑荒（註6）過了一陣子之後吧，我把完工的掛軸送到客人家裡，然後在歸途上碰到他。記得是個寒冷的晚上，路邊還積著雪。」

櫻汰似乎跟我一樣第一次聽說這件事，只見他露出了充滿好奇的表情，豎起耳朵認真聽著環小姐訴說往事。

「我從一間大宅院前走過時，突然聽見了哀號聲。然後又傳來了某個東西倒地的聲音，同時還有一隻狸貓從門口衝了出來，那就是阿樹。他當時正打算誘騙那間大宅院的女主人，結果不幸被男主人給發現了，對方好像拔出刀子準備砍人。結果阿樹在驚嚇之餘不小心解除了變身，才趁著男主人一時疏忽的空檔逃了出來。」

「嗚哇……」

「嗯～阿樹一直都沒變呢。」

不同於面露苦笑的我，櫻汰冷靜地說出感想。

「在寒冬當中累垮的模樣實在太可憐了，所以我在回家路上順便請他吃了路邊攤的天婦羅。在那之後，阿樹就開始三不五時出現在店裡了。後來每次詐欺失敗的時候就會過來，不知不覺當中就在這裡待下來了。」

「然後每次都這樣狂喝悶酒。」

揚羽用拇指指了指阿樹。

至於當事人阿樹，雖然不確定他有沒有聽見剛剛那段對話，但是他很明顯地變得更加消沉，

❖註5：泛指西元一八五三年至一八六九年這段期間。
❖註6：享保十六至十七年（一七三一至一七三二年）發生的大饑荒，影響程度遍及西日本各地，有一萬多人因饑荒餓死。

幾乎是在半哭泣的狀態下抱著酒瓶，反反覆覆地不斷抱怨下去。

「為什麼我每次都是這樣！明明感情變得這麼好，應該可以順利進行才對，結果最後都是對方提出分手然後失敗。連結婚詐欺都做不好，怎麼有辦法做到更困難的詐欺啊！」

「都是因為你人太好了啦，所以最後就只能當個好人而已。你們去約會的時候，肯定只是稍微吃頓飯就結束了吧？」

「因為她的工作很忙啊……」

「你這麼客氣，只會讓見面機會變得越來越少吧？就是因為這樣，才會一直被人忘記。」

「嗚！」阿樹按著胸口，低下頭去。被說中了嗎？

「另外，雖然約出來吃飯了，但是你也只是在閒聊或是報告近況而已吧？正常來講，這時明明就是從對方身上騙錢的大好時機啊。比方說希望能幫忙還一點債務，或是想要獨立開店但資金不足之類的，都是常見的詐欺手法啊。而你只是開開心心地吃完一頓飯就沒事了吧？」

「我每次都在想這次一定要說、這次一定要說，但是她也有自己的生活，而且錢也不是取之不盡的不是嗎？想到這裡，就覺得好像很對不起她，最後還是什麼也說不出口……」

「要是會覺得對不起詐欺對象，那你一輩子都不可能詐騙成功的啦。女方就是注意到你這種拖拖拉拉、優柔寡斷又不能令人依靠的地方，所以她們才會覺得將來不可能跟這個人有好結果，才會把你甩掉的！」

揚羽刀刀見骨地猛烈指責，讓阿樹的背彎得更厲害了，連半句話都不敢吭。
「阿樹就是那個吧，丟人現眼的風流男。」
「用現代的話來說，應該是令人感到遺憾的殘念系帥哥喔，櫻汰。」
「嗯哼，原來如此。真是上了一課。」
「嗚哇啊啊啊啊！」
阿樹開始放聲大哭。只不過我也覺得揚羽他們的形容相當正確。
阿樹似乎有點鼻塞，不斷吸著鼻子。那個模樣看起來實在非常沒用，糟蹋了那張帥氣的臉。
這麼一來，就算是持續百年的戀情也會瞬間凍結啊。
這時，一直默默觀望這一切的環小姐張開了口，發出銳利的聲音。
「——那麼，阿樹。」
環小姐把手放在矮桌上撐住臉，彷彿要把人看穿似地凝視著阿樹，露出燦爛的笑容。
「你這次來這裡，應該不只是為了抱怨而已吧？」
環小姐的責問，讓阿樹的肩膀劇烈一震。
「以往就算會帶酒過來，也都只是順手帶來的等級而已吧？這次拿了這麼多過來，差不多可以交代一下理由了喔！」
環小姐令人膽戰心驚的笑容完全沒變。明明是這麼燦爛美麗的笑容，卻有種讓人不寒而慄的

淡淡涼意。想要撒謊或騙人，再等一千年吧！感覺自己好像聽見了這句話。

正面對著這個笑容的阿樹，臉色瞬間刷白，眼睛不斷左右游移。

「那個……呃……就是……」

「快說。」

「是。」

立刻對環小姐的笑容壓力舉白旗投降的阿樹，連忙端正坐好，挺起腰桿。

阿樹真是超弱的。

「其實我還有另一個正在交往的對象……」

阿樹以認真嚴肅的表情，做出不得了的告白。

「區區阿樹竟敢這麼囂張啊。」

「是劈腿、是劈腿！」

櫻汰和揚羽躲在一旁交頭接耳。阿樹完全不理他們，繼續說了下去。

「那個人開了一家販買古董和服和小飾品的公司。最近，那間店鋪兼住家的房子裡好像發生了不可思議的怪事。」

「不可思議的怪事？」

阿樹點了點頭。

「到了晚上，好像就會聽見奇怪的鳥叫聲。但是那附近沒有人養鳥，而且聽起來也不像是一般麻雀或烏鴉的聲音，似乎有種悲痛的感覺。仔細聽過之後發現，聲音是從她家院子裡的倉庫中傳出來的。」

「倉庫？」

「對。那個人的家是一棟相當古老的舊式建築，倉庫裡好像也收藏了一大堆古董和美術品。所以她懷疑那聲音的真面目是不是倉庫裡的某個古物收藏，或是什麼受到詛咒的東西。而且最近聲音出現得越來越頻繁，讓她非常煩惱。我聽到她說起這件事的時候，就想起環小姐，然後我告訴她自己認識一個對這方面相當熟悉的人，她就叫我務必介紹給她認識……」

阿樹頓了一頓，當場用力低下頭去。

「拜託妳了，環小姐！請跟我一起去那個人的店裡確認吧！」

環小姐看似提不起勁似地搖晃著手裡的精雕玻璃杯。

然後嘆了一口氣。

「哎，畢竟酒也喝了嘛……」

「跟你去也行。」

阿樹看似戰戰兢兢地抬起頭來。

「真的嗎？」

阿樹的臉瞬間綻放光采。

這燦爛的表情才出現沒多久，他又像是想起了什麼事情一般皺起眉頭，露出一副不太開心的表情。然後阿樹一個轉身看向我，說道：

「洸之介！你願意一起來嗎？」

「咦？我嗎？為什麼？」

「你是環小姐的徒弟吧？而且那間倉庫裡，好像收藏了大量的掛軸，應該可以學到不少東西吧，怎麼樣？」

他其實只是想要一個幫忙搬運整理倉庫雜物的跑腿小弟而已吧？我還在考慮該怎麼回答的時候，阿樹似乎會錯了意，舉起一瓶尚未開瓶的酒。

「我這裡還有！就給你吧！」

「我還未成年！」

「啊啊，也對。現在的法律真的很麻煩呢。那麼，嗯，給你現金怎麼樣？」

阿樹從西裝的內口袋掏出錢包，從裡面抽出一疊厚得嚇人的紙鈔。

「啊，這樣會不會太少？」

「這不是數量多少的問題好嗎！啊啊，真是的！知道了啦，我去就是了！你快點收起來！」

我連忙把阿樹遞過來的鈔票推了回去。

（哎哎哎，這人到底在幹什麼啊！難道沒有半點常識嗎？）

不過話說回來，從那疊鈔票的厚度來看，這個人做為一名詐欺師，應該是非常成功吧？但是當時我的全副心力都放在把錢推回去上面，根本沒有餘力注意這件事。

「嗯哼，這次的新產品馬馬虎虎而已。」

環小姐有點不滿地低聲說道。手裡拿著今年秋天的新商品，沙丁魚起司漢堡。

我一直以為環小姐只要是漢堡，任何口味都好，不過由此看來，她還是有個人喜好的。倒是沙丁魚和漢堡，這兩個東西再怎麼想也搭配不起來啊。竟然敢放在店裡販賣，真是一間膽識過人的公司啊，勇於挑戰也該有個限度吧。

我和環小姐的所在地，並不是那家我平常購買進貢品給師傅、距離車站最近的速食店，而是距離有三站之遠的另一家分店。今天，阿樹和他女友約好見面，而地點就是指定了這個車站。

儘管皺著眉頭，環小姐還是一口接著一口吃光了沙丁魚起司漢堡。她那堂而皇之的姿態，以及身上帶有鮮豔紅葉花紋的橘色和服，和店內喧鬧的氣氛非常不搭調，十分引人注目。從剛剛開始，就一直感受到周圍不斷傳來某種針刺般的好奇視線，連坐在旁邊的我都感到不太舒服。但是當事人不知是沒注意到，還是早就習慣了，又或者是徹底無視，總之還是開心地捏起了薯條。

「洸之介，你不吃嗎？再不快一點，就要沒時間了唷。」

「啊啊，好的。」

我把一直拿在手上的照燒漢堡送進嘴裡。果然沒錯，對環小姐來說，這種彷彿無孔不入的視線，根本算不了什麼。

不論何時何地，環小姐總是非常冷靜，從來不曾驚慌失措。

之前陪阿樹一起喝悶酒的時候也是如此。

明明喝了一整天，但不管是臉色、腳步，還是言詞，全都和平常一樣。不僅如此，當阿樹抱怨完之後，環小姐還立刻站了起來，說：「那麼，反正徒弟也來了，就來開始今天的課程吧。」

我大吃一驚，連忙叫住了正要前往工作室的環小姐。

「這樣沒問題嗎？」

「怎樣沒問題？」

「什麼怎樣……妳不是喝了一整天了嗎？這種狀況下，還有辦法開始作業嗎？」

結果環小姐愣了一下，隨後露出苦笑，平靜地回答：

「那點酒，根本不算是喝多了啊。」

作業台上，放著應該是早就準備好、看似漿糊原料的白色粉末。

用帶子固定好和服袖子的環小姐，高聲解說起來。

「漿糊用的是小麥麩漿糊（註7）。」

「麩？麩就是那個麩嗎？常常用來加進湯裡的那個？」

「你說的是烤麩。我們今天要用的東西，是在製造烤麩的過程當中會形成、通常會丟棄不用的部分。材料是麵粉、鹽和水。」

「只需要這些就行了？」

我真的大吃一驚。因為我一直以為這是裱褙用的漿糊，所以一定是需要混入各種材料、花費大量時間精力才能完成的複雜物品。然而材料只需要三種，而且還是每個普通家庭都會有的東西。有種與其說是出乎意料，更像是全身虛脫的感覺。

至於做法，首先，先在麵粉裡加入少量的鹽和水，仔細攪拌搓揉。然後用布包住麵粉團，在水中搓洗，將可溶解和不可溶解的部分分開。

「不能溶解的部分叫做麩素，就是製作麩的原料。用現在的話來說，叫做glu……glu、glud、不對，是glut什麼的……」

後來我查了一下，發現是麵筋「gluten」（❖註8）。環小姐似乎對於橫書文字、片假名還有外來語非常不拿手，不過漢堡的名字倒是可以過目不忘。

❖註7：亦稱小麥澱粉漿糊。

❖註8：穀蛋白黏膠質，亦稱麵筋或麩質。

「把這個拿去蒸或烤，就能做出麩了。現在這個時代比較方便，可以加進防腐劑，或是購買其他更容易使用的漿糊，不過我還是利用古法製作漿糊。比較習慣，而且更有成就感。」

環小姐把去除麵筋之後的液體移入鍋子裡。順帶一提，留在液體當中的東西似乎是澱粉。接著再拿到隔壁房間的瓦斯爐上加熱。

「之後就要一邊小心不讓溫度升得太高，一邊慢慢熬煮。這段期間，必須不斷地攪拌，絕對不可以停下手。」

我用交給我的木棒，不斷攪動鍋子裡的東西。久而久之，我有種在製作料理，而非製作漿糊的感覺。原本裝在鍋子裡的清淡白色液體，可能是因為水分蒸發的關係，開始有種黏稠感。

「感覺好像挺好吃的。」

冷卻凝固之後，看起來就像甜點一樣，和果凍、杏仁豆腐屬於同一領域。

由於是在晚餐前，肚子有點餓的關係，我忍不住這麼說。而環小姐則是苦笑著回答。

「哎，是可以吃沒錯啦。」

「咦？這可以吃嗎？」

「可以啊。畢竟原料是麵粉、水和鹽巴嘛。」

「啊，說的也是。」

「像剪舌麻雀這個故事，不也是因為舔了漿糊才被剪掉舌頭嗎？」

「這倒是。我小時候一直覺得那一點很奇怪。以為連漿糊都吃，麻雀還真是驚人的雜食性動物啊。不過既然原料是麵粉，搞不好其實很好吃也說不定。話說回來，這個要煮多久呢？」

「多久啊……大概一個小時左右吧。」

「需要這麼久？」

「嘿，眼睛別離開鍋子。」

儘管環小姐已經提醒過，但是我的火力調整還是出了問題。相信應該是環小姐離開房間，導致我一時鬆懈下來的關係。獨自一人攪拌鍋子，一不小心就發起呆來，沒注意到鍋子裡的變化。等到環小姐回來發現異狀，連忙關火，已經於事無補了。才過了幾十分鐘，我第一次製作漿糊的體驗便宣告失敗，我不由得垂頭喪氣起來。

「第一次都是這樣。必須不斷地練習，才會慢慢習慣。至於最後完成的漿糊，有時候會直接使用，不過有時也會根據托裱方式的不同，刻意選用腐壞的東西。」

「腐壞的？故意讓漿糊腐壞嗎？」

「沒錯。因為剛做好的漿糊，黏性有點太黏了。而腐壞的漿糊則是這個樣子。」

環小姐拿出一個小小的壺，其間隔掌握之準確，簡直就像是料理節目一樣。腐敗前、腐敗後，Before and after。只不過腐敗前的範本被我做壞了。

我試著捏起裡面的漿糊，感覺黏性比普通漿糊低，有點乾乾的。

「不管是這種老漿糊還是剛做好的新漿糊，使用時都必須用水稀釋。」
「這種乾巴巴的感覺，真的黏得住嗎？」
「黏得住呀。不過漿糊的黏著力也不能太強。就算黏住了，之後若是沒辦法在不傷害畫心的狀態下剝除，那也是不行的。」
「不是正好相反？」
如果隨便就能剝下來的話就糟了吧。要是掛軸還掛在牆上的時候漿糊剝落，最後害得畫心破掉的話，可就麻煩大了。我是這麼想的，但是環小姐剛剛的回答卻是正好相反。
「要是剝不下來，等到將來重新裱褙的時候不就頭痛了嗎？如果是這種漿糊，只要用水溶解就能迅速剝除了。」
「所謂將來，到底是指什麼時候呢？」
「這個嘛，必須依照掛軸的狀態而定……不過大概是一百年，或是更久之後吧。」
這數字實在太偏離常理，讓我啞口無言，腦袋一陣暈眩。
如果是普通人類——環小姐他們當然另當別論——過了一百年之後肯定不在人世了。在那之後的事情，普通人是不會去考慮的。只要現在漂漂亮亮、能夠掛起來裝飾不就夠了嗎？這才是普通的做法吧？
然而對裱褙師來說，這樣並不普通。說的也是，如果不是憑著這種做法，一、兩百年前，不，甚至更久以前的畫作，根本不可能保存至今。

「竟然要考慮到這麼久遠的事……怎麼說呢，感覺好厲害、好深奧啊。」

環小姐為我試做了托裱用濃度的漿糊，但是不出所料，不管是外表還是觸感，都稀薄到讓人忍不住擔心黏不黏得住。而漿糊的濃度，也會因為使用在不同的部位而有所不同，而且還必須根據使用時的房間溫度和濕度做出細微的調整。

「這也是必須多做幾次，才有辦法慢慢掌握到感覺。」

簡單來說，這個工作最需要的，一是經驗，二還是經驗。無論如何，我已經親身體會到經驗掛帥這件事了。甚至忍不住暗想雖然是機緣巧合，但我這種外行人真的可以涉足這個世界嗎？

「哎，能夠允許這種事情發生，也算是很厲害的了。」

「你在說什麼？」

吃完漢堡的環小姐反問，我瞬間回過神來，感覺剛才意識似乎飄到遙遠的遠方去了。看到環小姐一臉訝異地近距離盯著我看，我連忙開口解釋道「沒什麼」，還有「臉太近了」。

認識好幾個月，我早就看慣了環小姐的臉。不過靠得這麼近，難免還是會小鹿亂撞。我只是個普通的高中男生，當一個年輕——雖然只有外表——貌美的女性如此逼近，相信任何人都會心跳加速的。

這時，放在口袋裡的手機震動起來。一看畫面，發現收件夾有一封新訊息。寄件人是阿樹。

「阿樹傳訊息來了，他們馬上就到。」

「那麼我們也出發吧。」

環小姐以熟稔的動作整理好餐盤，仍然絲毫不在意眾人目光，走出店外。

「環小姐！洸之介！」

我們正準備朝著車站前進，這時突然被人叫住了。回頭一看，看見了不斷揮著手的阿樹。不同於之前的西裝筆挺，他今天的打扮相當輕鬆。

「太好了。我們也是剛到。」

他笑嘻嘻的表情和平常一模一樣，但是一看到他身旁的女朋友，我忍不住愣了一下。

和纖細高眺的阿樹相反，那個人是個左右幅度寬大，說得更明白一點，那是一個肥胖的中年歐巴桑，身上穿著看似要價不菲的藍色和服，手上戴著鑲有斗大寶石的戒指，臉上化著超級誇張的濃妝，看起來就像是圖畫裡出現的暴發戶太太。和阿樹站在一起時，與其說是戀人，其實更有長得不太像的母子的感覺。就算是詐騙對象，這個對象會不會也選得有點糟糕啊，阿樹？我在心中默默地吐嘈。

「我來介紹一下，這位是結實小姐。這邊這位是裱褙師加納環小姐，然後旁邊是加納小姐的徒弟小幡洸之介。」

介紹完畢後，環小姐優雅地行了一禮，我也趕緊跟著鞠躬。

「初次見面，我是木內結實。這次非常感謝兩位願意光臨寒舍，還請多多指教了。」

這位太太微笑了一下。

「這麼年輕就成為裱褙師，實在太厲害了。而且還把和服穿得這麼整齊美觀，真讓人開心。啊，我是經營和服店的。除了新品之外，也有販賣古董和服。希望兩位務必前來本店逛逛呢。呵呵，小姐長得這麼可愛，肯定任何和服都很適合妳。」

然後她接連看向我和環小姐，開口說道：

「真是一對可愛的情侶呢。看起來非常登對。對吧？篠宮？」

結實小姐交頭接耳似地低聲說完，便抱住了阿樹的手臂。順帶一提，篠宮是阿樹的假姓。

從旁人眼中看來，我和環小姐像是情侶嗎？和結實小姐與阿樹相比，我們的年齡可能更相配一點沒錯，不過應該頂多只到姐弟或親戚之類的關係吧？我覺得。

「篠宮也是這麼認為的吧？」

結實小姐撒嬌似地靠在阿樹身上。結果阿樹臉上的表情立刻出現明顯的變化，又是蒼白又是發青，忙碌異常，額頭上也冒出了大量冷汗。再怎麼說，用這種態度對待戀人，實在失禮到家。

雖然不是不能理解他的心情，但若是演技不夠到位，馬上就會被人拆穿了啊。看到他做為一個詐欺師卻表現出如此誠實的反應，雖然與我無關，但我還是忍不住捏一把冷汗，開始擔心起來。

「沒有啦，那個，環小姐和洸之介是師徒，並不是妳說的那種關係……」

「就算現在不是，不過將來可就難說了不是嗎？對吧？」

結實小姐不再追問狼狽不堪的阿樹，反而轉過來徵求我和環小姐的同意。真的這麼想撮合我們嗎？看來結實小姐似乎有著愛管閒事的歐巴桑體質。

因為實在很難回答，我只好笑著蒙混過去。雖然環小姐的確是個超級大美人沒錯，但實際上是活了超過五百年的妖狐啊。就算天地倒轉過來，那也是不可能發生的事啊，對吧，環小姐？我試著觀察她的反應，發現她那形狀優美的嘴唇微微揚起，隱含著笑容。

（那個意味深長的笑容是怎麼回事啊？）

然後她對著緊緊黏在一起的兩人說道：

「是啊。將來的事情的確很難說。」

不僅如此，環小姐還靠到我的身邊來，握住了我的手。

如果只看外表，她那羞答答地低著頭的樣子，的確是戀愛中的少女才有的表現。我不自覺地，真的不自覺地，心臟頓時猛然跳了起來。

知道環小姐真實身分的阿樹，看起來似乎是當場停止思考，身體也瞬間僵硬，動彈不得，臉上也維持著看到難以置信的東西一般的表情。不不不不不，妳到底在說什麼啊，環小姐！儘管我發出了不成聲的慘叫，也無法傳進環小姐耳中。

「哎呀呀，這可真是。」

只有毫不知情的結實小姐開心地用手摸著臉頰，發出感嘆的聲音。

「說的也對。師徒相戀，還真是浪漫呢。真希望能和妳好好聊聊這件事，總之我們先到店裡去吧。篠宮，你還要僵硬到什麼時候？」

「洸之介也別這麼僵硬了。來，我們走吧。」

我們就像是被兩位興高采烈的女性拖著走似的，朝著結實小姐的店鋪前進。

結實小姐的店——木內和服店，位在距離車站步行十分鐘左右的地方，據說是一間當地著名的老店。創業時期是在江戶時代，歷史的確相當悠久。

「這原本是我丈夫的店，是間傳統的和服店。不過最近穿和服的人不多，而且客人也被附近的大型商場搶走，有段時間一直都是赤字經營啊。」

店裡的生意持續惡化，隨後又發生了另一件雪上加霜的事件。

結實小姐的丈夫突然去世了，結果變成結實小姐必須背負起這家店鋪的一切。

「說真的，那個時候孩子們都還小……當時我只覺得這個世界上根本沒有神佛庇佑。只能看著招牌，無計可施。」

儘管每天以淚洗面，客人依舊不會上門，營業赤字也不會因此改善。既然如此，結實小姐為了守住老店的招牌，下了一個龐大的賭注。

那就是在網路上販賣和服。原本就很喜歡和服、特別是古董和服的結實小姐，在店裡出現危機之前就有蒐集中古和服的興趣。她透過這些管道，蒐集了許多珍奇罕見的和服，並開始在網路上販賣。而這個做法正好中了大獎，結實小姐成功重振了店裡的經營狀況。

「要同時兼顧生意和教養孩子真的很困難，但我只是一個勁地工作。」

最後孩子們終於長大獨立，一起生活的婆婆也隨後過世。店裡也可以完全交給職員經營後，結實小姐終於從忙碌當中獲得解放，然而這時猛然來襲的感覺並不是安心，而是孤獨感。那可能就是所謂的身心俱疲症候群吧。自己會不會一輩子孤單一人？——就在她心中充滿著這種寂寥感的時候，她遇上了阿樹。

「那麼，請問妳是在哪裡遇見阿樹呢？」

我無法抗拒心中的好奇，開口詢問結實小姐。

「篠宮當時正在看我們店裡的展示櫃。因為男性客人很少，所以是我主動找他搭話的。」

兩人因為這樣熟稔起來，然後在種種因緣巧合之下，開始交往。

結實小姐說著和阿樹的相戀經過，臉頰浮現出層層白粉也掩蓋不了的紅暈，看起來真的非常幸福。然而這份幸福，只是阿樹刻意安排的虛假之物。想到這裡，我心裡就感到十分複雜。

「啊，那裡就是本店。」

木內和服店，是間面向人來人往大馬路的古風木造建築。正對馬路的巨大展示櫃裡，妝點著各種豪華和服與腰帶，所以他們兩人就是在這裡碰面的。

店內是一片以黑色與茶色為基底的平靜日式空間。屋內深處鋪著榻榻米，上面放著大型折疊式隔板。

「那裡是用來做什麼的？」

「那是讓客人試穿的地方喔。」

「喔，和服也可以試穿啊。」

「已經縫製完成的全新和服比較沒辦法，但如果只是披上未剪裁的布料，模擬它製成和服的樣子，倒是可行的。此外古董和服也可以提供試穿，因為以前的人大多比較嬌小，所以經常會發生試穿之後袖子太短之類的情形。」

店裡到處擺放著十分高級的櫃子，裡面裝滿了各種不同花色的和服。仔細檢視標價牌，發現這裡從價值數百萬日圓的超高級品，到一萬日圓以下的公道價物品，應有盡有。不只價錢包羅萬象，材質和花紋也是種類繁雜。

一行人正在參觀店鋪時，幾名店員從裡面房間走了出來。她們臉上都帶著營業用的甜美笑容，但是一看到環小姐，她們的眼睛立刻瞪大到駭人的程度。

「呀——！這位小姐是誰呀？」

「是社長認識的人嗎？還是篠宮先生認識的人？」

轉眼之間，環小姐就被兩名與其說是眼睛閃閃發光，更像是雙眼大放光采的店員包夾。可能是被她們過度興奮的態度嚇到了，只見環小姐張口結舌，愣在原地。

對於任何事情都不為所動的環小姐，正在退縮啊。

能讓活了五個世紀之久的妖狐全身僵硬，真是太強了！

「這件紅葉花紋的和服好可愛！真的非常適合您呢！」

「感覺也很適合成熟一點的風情呢！這件茶色與淺橘色條紋的和服如何？搭配這一條腰帶，再把頭髮紮起來，就會有種成熟可愛的感覺喔。」

「直接選用清淡的亮色系之類的可愛布料也不錯呀～啊，這件如何？粉紅色基底的小花紋樣和服。不過這個奶油色的菊花圖案也很難割捨啊～還有瞿麥花圖案的！」

「這件深綠與黑色穿插的格子圖樣如何？還有昨天剛進貨的那件紫色箭羽圖案的呢？」

兩人興高采烈地抽出各式布料和腰帶，七嘴八舌地說個不停。就在任何人都無法阻止她們、布料開始堆積起來的時候……

「要不要試穿看看呢？」

她們呼吸急促地逼問環小姐。

而環小姐露出了比平常更窘迫的笑容，迅速回答：

「我還有事。」

「我說妳們啊，別對客人做出這麼失禮的事。她可是我的私人貴賓啊。」

結實小姐這麼一說，兩名店員也老老實實地撤退了。有種好不容易找到適合的換裝人偶，卻被父母搶走的感覺，兩人臉上寫滿了孩子氣、有點遺憾又相當不甘心的表情。

「……好的～」

「真是對不起啊。那些孩子們真的很喜歡和服，只要一看到適合穿和服的人，就會不小心興奮過頭。雖然我每次都叫她們要更加冷靜地接待客人，但她們就是不聽啊。」

結實小姐傷透腦筋似地嘆了一口氣。狀況似乎相當嚴重。

要是有店員以那種亢奮的態度逼近，客人當然會被嚇跑吧。換成是我，肯定會在第一時間逃跑。因為實在太可怕了啊！

「她們其實是一群熱心的好孩子，只是這一方面有點美中不足——啊，請往這裡走。」

在結實小姐的催促下，我們走出店裡的後門，來到木內家的庭院。結實小姐的住家就在店鋪後面。隔著一座精心整理的日式庭園，可以看見一幢豪華的獨棟平房，那就是結實小姐的住家。巨大的倉庫則是矗立在庭院角落，換句話說，店鋪、倉庫和住家三者，配置成ㄇ字型的結構。

倉庫是一棟兩層樓建築，相當紮實，外牆塗著白色灰泥。鐵製的大門上刻有家紋，散發出歷史悠久的大戶人家之感。光看外觀，就覺得裡面應該收藏著許多高價古董品。

「妳經常進入倉庫裡面嗎？」

「不。婆婆在生前好像經常進出整理，不過我一次也不曾進去。大概已經有超過五年的時間無人進出了，所以說來慚愧，我實在不知道裡面到底有什麼東西。」

聽到環小姐的問題，結實小姐面有愧色地回答。

「是嗎……這樣有點不妙呢。」

環小姐皺緊了眉頭。我不知道她為什麼會出現這麼嚴肅的表情，於是我問環小姐：

「為什麼不妙呢？」

「要是一直放在倉庫裡，就有可能被蟲子吃掉、被老鼠啃食、發霉受損等等。搞不好一些繪畫、書籍類的東西已經受損了也說不定。」

「蟲子會吃紙嗎？」

「當然吃啊。連布料都吃不是嗎？」

我回答「啊啊，的確」表示同意。放在衣櫥裡的毛衣也常常受損，道理多半是一樣的。

「至少每年要在夏季或秋季的晴天裡，把東西拿出來通風一次，防蟲措施是必要的——阿樹，我拜託你準備的東西呢？」

「早就準備好了！」

阿樹舉起了手中的紙袋，環小姐心滿意足似地點點頭。

「那麼，就開始吧！」

我對倉庫內部原本就沒有任何乾淨整齊的印象，而且在聽了結實小姐的話之後，我已做好覺悟，裡面一定髒亂異常。然而，現實情況遠遠超乎我的想像，這實在太誇張了。

到處都有蜘蛛網，灰塵也堆了厚厚一層，還有蟲子。

「咳咳咳咳……哈啾！」

咳嗽與噴嚏大行其道，而且還沒有辦法順暢呼吸，非常難過。喉嚨有點刺刺的，鼻子有點癢癢的，眼睛也揉個不停。如果換成一個會過敏的人過來，肯定一秒鐘就陣亡了。

為了避免衣服弄髒，我換上了阿樹準備好的工作服。這真是正確的選擇啊！雖然是剛買回來的工作服，不過已經是全身烏漆抹黑。手套、口罩，還有綁在額頭上的毛巾也全部變黑，充分展現出灰塵的厲害之處。

就這樣，我和阿樹一邊和灰塵纏鬥，一邊把倉庫裡的東西接二連三地搬到外面來。裡面除了掛軸之外，還有裱過框的油畫、壺、花瓶、大盤子，以及看來很古老的書籍。

搬到外面的東西，則是由在庭院的兩位女性，手執刷子和抹布，小心地拂去上面的灰塵。

「哎呀，連這種東西都有啊！」

一邊擦著接連出現的各式骨董品，結實小姐一邊像個孩子似地發出驚呼聲。她的悠哉，讓我忍不住在心中大吐苦水，要是妳稍微勤快一點打掃這裡，就可不必這麼辛苦了。

環小姐的擔憂成真。隨著灰塵消失，這些美術品當中確實有許多發霉變色，或是被蟲蛀蝕的物品。如今知道只要稍微通風日曬就能防蟲，更讓人加倍懊惱。

結實小姐的家似乎是自古以來的富商，倉庫裡收藏著種類繁多的美術品。其中最多的要屬掛軸。多到讓人忍不住想問收藏這麼多到底想要做什麼。

「這是為了配合季節和節慶用來更換的。」

環小姐為我解惑。如她所說，以正月用的朝陽、松竹梅鶴龜、富士山、七福神等畫為首，從女兒節用的人偶等節慶物品，到椿花、水仙、牡丹、葫蘆、牽牛花、茄子、柿子、桔梗、大波斯菊等讓人感受到季節之美的東西，應有盡有。

此外還有種類多不勝數、裱褙形式也各自不同的大量畫作。其中除了像我目前正在加工的布質裝裱外，還有用和紙來裱褙的畫，布與紙給人的印象非常不一樣。因為難得有機會一次看到如此大量的裱褙畫作，所以關於這一點，我覺得自己全身灰塵和蜘蛛網算是值得的。

不過比我還開心的人，大概就屬環小姐了吧。她又是把掛軸攤開在主屋的榻榻米上，又是把畫掛在牆上，笑容滿面地看個不停。原本還擔心她會不會忘了原本的目的，不過等到我們工作告一段落，放在主屋裡的東西也都分門別類地放好了。其中畫有鳥類的作品被獨立到某個角落，表示環小姐還是有在認真工作。不過這種話要是被本人知道一定會挨罵，所以我是不會說的。

「鳥類的掛軸，數量挺多的呢。」

阿樹一邊用毛巾擦著黑漆漆的臉，一邊說出感想。的確，蒐集出來的掛軸約有十多幅。

「那麼，我們就一幅一幅看下去吧。」

環小姐小心翼翼地展開畫軸，然後再由我們所有人一起確認。雖說是鳥類圖，但是種類也相當多樣。樹鶯、麻雀、燕子、孔雀、雞、鴨，甚至還有海鷗。不過這些都是非常普通、毫無異狀的畫，沒有任何詭異的感覺，也沒有出現圖畫移動的神祕事件。對此，結實小姐似乎也相當失望，肩膀垂了下去。

不知不覺當中，太陽也已經下山了。花了這麼多時間，結果就只是做了一場大掃除，然後就要結束了。

「鳥叫聲是在晚上出現的，所以會不會是白天就不行呢？」

「不，這邊的畫全部都是普通的畫作，看起來並沒有沾染上特別思念的作品。」

環小姐以充滿自信的聲音，一掃結實小姐的疑惑。

「也就是說，結實小姐聽到的聲音，和倉庫裡的東西一點關係也沒有？」

「看來的確如此。我也看過了掛軸以外的西洋畫和古董，但是並沒有看到可疑的物件。」

聽到阿樹的問題，環小姐乾脆地回答。傳說中的裱褙師都這麼說了，相信一定不會有錯。

「那麼那個鳥叫聲到底是怎麼回事呢……？難不成真的是鳥的幽靈或妖怪？」

「這個嘛，我對幽靈妖怪之類的東西實在不清楚啊。」

（妳這個騙子！）

我差點脫口說出這句話，只能趕緊嚥了回去，在心裡默默吐嘈。

像是妳自己明明就是妖狐，阿樹也是狸貓，還在小巷裡的宴會中聚集了一大群妖怪和幽靈不是嗎？諸如此類的。

「說什麼幽靈的，果然讓人害怕啊。孩子們都已離家，只剩下我一個人住在這呀……」

和臉上擔心受怕的表情相反，結實小姐把阿樹的工作服下襬抓得緊緊的。而阿樹看起來就像是被人抓住了尾巴一樣，整個人抖了一下。

我為他失禮的態度暗自心驚，但是結實小姐似乎沒有注意到，所以我也悄悄地鬆了一口氣。不過話說回來，為什麼我非得這麼擔心不可啊！

環小姐四下張望了一下，開口詢問結實小姐：

「請問妳的寢室在什麼地方？」

「在那條走廊的盡頭。」

「我可以過去那邊看看嗎？」

「嗯，當然可以。」

環小姐踏著步伐走了過去，最後在外廊盡頭停了下來，然後再從那個地方眺望著倉庫。我和阿樹全身都是灰塵，所以沒有跟過去，不然之後打掃會很累人的。

「結實小姐，妳以前養過鳥嗎？」

「沒有呢。只有養過狗。難不成……篠宮，別說這種好像真的有鳥幽靈出沒的話啦！」

「結實小姐嫁過來之前，或是更早以前，說不定有養鳥。這麼一來，就不能篤定完全沒有這種可能吧？」

「可是，我是一直到最近才開始聽見那個鳥叫聲的呀？住在這裡幾十年，都沒有發生過類似的狀況，然後幽靈就這麼突然出現了？不會很奇怪嗎？」

結實小姐全身發冷似地摩擦著手臂。

「那麼，開始聽到那個聲音的時候，妳有做什麼特別的事情嗎？」

我插嘴發問，結實小姐則是搖了搖頭。

「不，沒有什麼特別的事。大概只有稍微離開這裡兩、三天吧？因為我回了娘家一趟。娘家裡有些東西好像可以放在店裡備用，我就去把它拿回來了。那和倉庫應該沒有什麼關係吧？」

我們三個人各自用不同的動作歪頭沉思，這時環小姐回來了。她大概是聽見了我們的對話，以認真的眼神看向結實小姐，問道：

「那是真的嗎？」

「咦？」

「妳說妳搬了備用的東西回來，是真的嗎？」

「呃，是的……」

「那個備用物品是？」

「是隔板。我打算讓客人在試穿時使用。」

「那個東西現在也在店裡嗎？」

「嗯，是的。」

「那麼，請讓我看看那個東西吧。啊啊，你們兩個先去換件衣服吧。可不能讓你們以那副樣子在店裡走來走去。」

環小姐朝著我和阿樹瞥了一眼，催促我們快點整理一下自己全身灰塵的模樣，於是我和阿樹慌張地換回了原本的衣服。更衣途中，灰塵一樣漫天飛舞，讓我們兩個不斷地大打噴嚏。

太陽早已徹底下山，店裡和白天時的樣貌截然不同，完全不見客人的身影。只有兩名店員中間隔著和服，激動地聊著天。

「妳們兩個，現在應該已經不會有客人上門，今天就先下班吧。之後交給我處理就好。」

老闆做出指示後，兩人迅速將店裡收拾整齊，說聲「那麼，之後就麻煩您了」便回去了。

「所以那個隔板在哪裡？」

「在這裡。」

在結實小姐的帶領下，我們走到了店內最深處。然後脫下鞋子，踩上試穿區的榻榻米。

那裡有一張折疊式的大型隔板，邊緣還掛著和服。

從店鋪方向看過來時，上面沒有任何花紋，就是普通的隔板。

但是走上榻榻米，從另一個方向看過去時，我忍不住嚇了一跳。

那其實是一幅屏風。上面畫著風景畫，是貨真價實的美術品，而且看起來似乎有著相當古老的歷史了。

儘管到處都有汙損和褪色的情形，上面仍然畫著廣大的庭園景色。整齊排列的樹木，池水豐饒的池塘，周圍長著大大小小各式花草。而且一往旁邊看去，季節便隨之變換。看來這幅畫應該是畫著秋天至冬天的風景吧。

環小姐凝視著屏風，拿下了掛在上面的和服。

然後表情突然綻放出光采。

「啊啊，就是這個吧。」

「咦……？不過這應該是普通的風景畫吧？」

結實小姐說得沒錯，和服底下出現的，是看似某種樹木的部分。之所以加上看似二字，是因為劣化褪色的情況實在太嚴重了。此外還有黑色的汙損，真的只能仰賴推測。

「上面根本沒有畫鳥呀？」

「不，確實有的。」

「到底在哪裡？」

環小姐朝著那個看似樹木的地方一指，那是汙損最嚴重的地方。

「這裡是眼睛，這裡是嘴，然後這邊是羽毛。」

「啊……！」

聽她這麼一說，我才發現那裡確實有一隻鳥。

畫得並不大。可能就是因為這樣才沒有發現，不過確實有畫。脖子相當細長，顏色大概是茶色或是偏暗的綠色，一隻有點不起眼的鳥。

「這隻鳥是？」

「是孔雀吧。孔雀的雌鳥。」

阿樹回答。

「不過，這幅屏風放在娘家的時候一點異狀也沒有啊？而且也沒聽過什麼鳥叫聲，所以才會拿來這裡的……為什麼現在才這樣？」

「不是現在才這樣，是因為妳把這幅屏風帶了過來，所以才發生狀況的。而且這是無可避免的事情——來吧，把想說的話告訴我們吧。」

環小姐對著屏風溫柔地說話，結果屏風裡孔雀的眼睛稍微動了一下。見狀，結實小姐立刻嚇得瞪大雙眼。畢竟這應該是她第一次看到會動的圖畫，所以不能怪她。

接下來翅膀也開始動了。但是牠的動作，就像是被某種看不見的東西壓抑住似的，看起來相當地彆扭。相信這一定是因為那些黑色髒汙和褪色所造成的。

孔雀拍動著翅膀，一邊痛苦掙扎，一邊將牠小小的黑色眼眸轉向我們。

然後啼叫了一聲。

聲音聽起來非常寂寞，充滿哀愁。

是種讓人緊緊揪住胸口，眼頭深處開始發燙似的悲傷。

強烈的思念瞬間包圍住我們，動搖著我們的感情。感覺並不可怕，但是眼淚彷彿快要奪眶而出，我只能咬住嘴唇強行忍耐。

「一般屏風的形式，是六曲一雙。所謂屏風，是由多個貼著和紙的木框所組成，木框的數量若是六個，便稱為六曲。此外屏風若是有兩幅，也就是左右對稱的兩幅屏風的話，則稱為一雙。現在這幅屏風，原本的形式應該是一雙才對。這幅上面只畫了秋冬兩季的景色，相信一定還有另一幅畫著春夏景色、與之成對的屏風。那幅屏風會不會就在妳的娘家呢？結實小姐？」

「的確有。我記得……應該就是當時放在這幅屏風後面的東西。不過那幅屏風的狀態根本沒辦法和這一幅相比，到處都是損傷汙漬，實在沒辦法拿來使用。所以我才只拿了這幅屏風。」

「不管破損得多嚴重，這兩幅屏風必須二者合一才算完整。排列成一雙，才能真正完成一幅

作品。」

彷彿在贊同環小姐一般，孔雀不斷上下點頭。

「我猜，放在妳的娘家的那一幅屏風，上面應該畫著與這隻孔雀成對的雄孔雀吧。這隻雌孔雀之所以會夜夜啼叫，是因為牠被迫離開自己的另一半……」

「……牠是為了尋找自己的另一半，所以才啼叫的？」

「應該就是如此。」

聽到結實小姐的低語，環小姐做出回應。

環小姐臉上出現一抹陰影。難道環小姐也曾失去某個和自己成對的人嗎？我忍不住猜想。

結實小姐像是在強忍著什麼似地緊閉雙眼，然後才又緩緩睜開。

「是嗎……雖然事前不知情，不過都是我把你們硬生生地拆散了吧。我真是做了一件糟糕的事。想必妳一定很寂寞吧。我一定要把妳帶回娘家，讓你們重新團聚才行。」

結實小姐對著屏風這麼說道，而孔雀彷彿聽懂她的話，相當開心地拍動翅膀。發現畫中孔雀對自己的話做出反應，結實小姐似乎嚇了一跳，不過她最後還是選擇接受，開心地笑了起來。

「不過真是可惜啊。我真的很喜歡這幅畫。雖然有點受損，不過它還是擁有能夠彌補這一切的魅力。這麼美的一幅畫，卻必須一直收在倉庫裡……」

「結實小姐，這一點妳可以不必擔心。」

用著彷彿讓人安心似的溫柔嗓音，卻又有點自豪地開口說話的人，是阿樹。

「環小姐可是被稱為『傳說中的裱褙師』的人，手腕也是在眾多裱褙師當中頂尖的。不管損傷得多嚴重，她都一定能修復。」

「可是，那真的已經破破爛爛了啊？那樣也沒關係嗎？」

結實小姐有點半信半疑，但還是抱著一絲希望，看向環小姐。

「這個嘛，沒有看過實物實在不好說……不過我可以盡力而為。而且我也希望能讓這孩子恢復成原本的模樣啊。」

環小姐一邊眷戀不捨似地摸著孔雀，一邊對著結實小姐燦爛微笑。

可能是從她的話中感受到某些東西吧，結實小姐輕輕呼出一口氣，徹底安心似地彎起嘴角，朝著環小姐深深一鞠躬。

「是嗎。那麼，就拜託妳了。」

幾天後，環小姐接到了來自結實小姐的連絡，說她已經把娘家的屏風帶回來了。於是我和環小姐、阿樹，以及負責開車的兵助先生一起前往她的店鋪。

「真的跟環小姐說的一樣！我一把娘家的屏風帶回來，那個啼叫聲馬上就停住了！」

剛踏進店裡，結實小姐便喜孜孜地向我們報告。

畫有雄孔雀的屏風，的確就如同結實小姐的擔憂，到處都有破洞，髒汙也很顯眼，整體損傷非常嚴重。而且不只侷限於畫紙，連周圍的綾布也是如此。說是屏風，其實更接近垃圾也說不定。這樣子真的有辦法修補嗎？我也跟著擔心起來。不過環小姐卻用笑容破除了我們的擔憂。

「可能會多花一點時間，不過沒問題，可以修好的。」

聽到這個消息，結實小姐容光煥發地大喊：「真的嗎？太好了！」像個年輕女孩般開心。

「等到修補完成之後，我想把兩幅屏風一起放在店裡，就像這樣面對面地放在榻榻米上。而且圖畫主題四季通用，也能讓客人們感受一下庭院的四季之美。」

「那樣真是太好了呢。」

「對吧？到時候，希望洸之介小弟也能務必過來看看。我們也有經手男用和服，當中也有適合年輕男生的款式喔。」

「不過，我覺得變成那個樣子有點……」

我朝著店內看去，結實小姐也看著同一個方向，輕聲笑了出來。

店內的試衣處，環小姐正被那兩個亢奮的店員包圍，化身為換衣人偶。被迫換上一件又一件的和服、纏上一捆又一捆的布料，表情看起來相當無奈。

露出那種表情的環小姐可不常見。出現這個想法的人不只是我，兵助先生似乎也一樣。只見他一邊偷笑，一邊拿著數位相機狂拍環小姐。

順帶一提，那台相機還拍了這家店的風貌。據說這是因為機會難得，所以打算配合這間店的風格，直接把整個屏風的綾布全部換新。照片就是為此準備的資料。

「話說裱褙師真的好厲害呢。連那種破破爛爛的屏風都能修復。我本來以為那只能拿去丟掉，都已經放棄了呢。洸之介小弟也有辦法做到嗎？你是環小姐最鍾愛的徒弟吧？」

「我完全辦不到啊。我才剛開始學習沒多久，所以真的沒辦法。前陣子製作漿糊的時候也失敗了。不過還是學到了很多東西，感覺很開心。我覺得以前的人真的好厲害啊，竟然擁有這麼深奧的技術。」

現在這個時代，物質實在太富足，任何想要的東西都能馬上買到，很少有人會把東西修好繼續使用。反正東西壞了，再重新買過就好。因為這個做法更加簡單輕鬆。

所以我們根本無法想像現在使用的東西，會在百年之後由其他人繼續使用，而且這應該也是不可能的事情。

但是百年前就不一樣了。百年之前的人們，看到了這樣的未來。

為此，才會發展裱褙修補技術，磨練裱褙師的技巧。

環小姐讓我見識到的漿糊就是其中之一。百年之後，一直保護著畫心的和紙和綾布可以剝除得乾乾淨淨，然後再次換上嶄新的裝裱。為了不斷反覆這個動作，才想出了這樣的做法。再次思考過後，我真的覺得裱褙的世界實在太厲害了。

我回想起當初和渲染了老翁思念的畫作對峙的狀況。

——為了再活一百年。

環小姐是這麼說的。原來那句話並不是比喻，而是不折不扣的事實啊。

遙望著百年之後所進行的工作，為了把現在這幅畫傳給百年後的未來而做的工作，然後再繼續延續到更久之後的未來。能夠稍微涉足這個世界，我真的覺得很開心，感覺有點自豪。

「是呀，以前的人真的很厲害，並且會珍惜地使用老舊物品。和服也一樣，要是脫線了就縫回去，破了就補起來，就這樣一代代地傳承下去啊。」

結實小姐愛憐地環顧自己店內的和服。

結實小姐和環小姐一樣。說不定一直都在努力把過去可能會被丟棄的和服，保存給現在的人。而且將來也會一直持續下去。

另一方面，我把視線轉到榻榻米上，發現環小姐又被換上了另一件和服，而阿樹則是滿臉開心地編著環小姐的黑髮。雙手動作之迅速，讓我有點佩服他的靈巧，但同時也覺得怎麼可以在女友面前玩著其他女性的頭髮呢！這也未免太不懂得察言觀色了吧？我獨自一人慌張起來。

然而我的心情似乎被結實小姐看穿了，只見她露出了淺淺微笑。

「其實我知道喔。我知道篠宮不是普通人，是個詐欺師。」

「咦？」

我因為驚訝過度，嘴巴一時合不起來。

結實小姐露出了果然沒錯的表情。

「見過幾次面之後，我漸漸察覺多半就是這麼一回事，因為篠宮實在不會撒謊啊。從這個手法來看，大概是假結婚真詐財吧。正常來說，他應該會編一些想要創業之類的理由，然後騙錢吧？可是完全沒有，讓我覺得他是有點奇怪的詐欺師就是了。」

全曝光啦。徹底曝光的程度，都讓人忍不住想說再怎麼曝光也該有個限度吧，阿樹。

難為情、坐立難安，還有憐憫的感覺全部混在一起，總覺得有股衝動想把臉蓋起來啊。

「不過呢，不管是不是詐欺，要是篠宮表現出想要結婚的意願，我會拒絕喔！不是因為我討厭篠宮，而是因為我沒辦法想像和他在一起的未來啊。所謂夫妻，其實就和那對屏風一樣，只要長年在一起，總會因為各種衝突而受傷、破損，有時還會身心俱疲。但還是會一起修補缺口，重新來過，最後才會漸漸成為夫妻。對我來說，那樣的另一半就只有我死去的丈夫而已。」

有個人無時無刻都在身邊，必須兩者合一才算完整，完全無法想像對方不在身邊會是什麼模樣。若是其中一方破了、壞了，就再也沒有東西能夠替代，是獨一無二的事物。對結實小姐來說，能夠成為這樣的人，大概就只有她已經去世的丈夫吧。就像那對屏風上的孔雀一樣，結實小姐和她丈夫之間的連繫，至今依然緊密堅定，打從一開始就沒有阿樹能夠介入的餘地。

「我知道篠宮是個好人，而且也感受到年輕時曾經體驗過的小鹿亂撞。所以和他在一起、和

他約會，是真的很開心。也曾經給過他大筆大筆的錢，因為就是會想要給他很多東西啊。那種有點沒用的感覺，真的很容易激發人的母性呢。可是啊，我們還是沒辦法成為夫妻的。」

哎，不過他是詐欺師，所以真的要結婚應該是不可能的啦。結實小姐補上這一句。

在此同時，我也理解了為什麼阿樹會有這麼多錢。那不是用詐騙手法騙來的，而是來自於結實小姐這種成熟女性的「施捨」吧。

「再說，他心裡早就有喜歡的人了。」

結實小姐出乎意料的發言，讓我忍不住發出了一聲怪腔怪調的「啊？」。無視於我的訝異，結實小姐繼續愉快地說了下去。

「我一直在想大概就是如此。之前不是有說過，我是在這家店的店門口碰上篠宮的嗎？那個時候擺在櫥窗裡面的東西，是適合年輕女孩的和服，他一直凝視著那件和服啊。因為實在太認真了，我就因為好奇而開口和他說話。」

一個男人一直盯著女用和服看，的確令人在意啊。在各方面都是如此。

「我對他說這件和服很漂亮吧？是不是在找送人的禮物啊？」

據說阿樹當時立刻從展示櫃旁邊跳開，有點害羞地說道：

——真是抱歉，我原本不打算在店門口站這麼久的……那個，我只是覺得這件和服，很適合我的一個朋友……

「那個時候印象真的非常深刻，我到現在還是記得清清楚楚。等到之後開始交往，我還是隱約覺得他的心裡應該有著喜歡的對象。可能是因為我也是這樣吧，我想就是因為這樣，我們反而能夠開開心心地交往。等到你們來了之後，那個隱隱約約的感覺馬上就獲得證實了。篠宮真的很不會撒謊啊，態度也未免太明顯了！捉弄起來實在有意思。」

結實小姐用和服袖子蓋住了嘴巴，咯咯笑了起來。

我聽不太懂結實小姐的意思。

於是我開始回想剛來到這家店時的狀況，並把重點放在阿樹的行動上。在我看來，他的行動沒有任何異常，因為阿樹原本就有點怪怪的嘛。不過從之前到現在，我也只有那次看到他那麼驚慌失措，或是表情不斷變來變去。除此之外，在場的人有我和環小姐，然後還有適合年輕女孩穿的和服——

「……咦、難不成……！」

在試穿區裡，環小姐的頭髮造型已經在不知不覺中完成了，這次換成阿樹取代兵助先生的工作，拿起相機拍攝環小姐的照片。他從數位相機當中抬起頭來，凝視著環小姐，微微一笑，那是個非常幸福的完美笑容。

（真的假的？咦，是真的嗎？）

我在心中一而再、再而三地反覆咀嚼剛剛注意到的事，但是每次導出來的結論都一樣，而我

也一次又一次地像隻金魚一樣，嘴巴一開一合卻說不出話來。

「平常不管是牽手還是靠在一起，他都不會多說什麼，表情也沒有變化。但是那天，他的臉真的是瞬息萬變，身體也很僵硬，還打算不著痕跡地走去她的視線死角，真的非常拚命啊。我都快要笑死了呢。」

所以才會好好捉弄了他一番。結實小姐若無其事地這麼說。

「啊，對了對了。當時放在展示櫃的和服已經賣出，但是裡面還有一件非常相似的。反正機會難得，就讓環小姐穿穿看好了。」

結實小姐扔下了還沒整理好頭緒的我，開開心心地——幾乎快要跳起小碎步一般高興地走進店鋪裡。這時拍完照的阿樹就像是代替她的位置似地走了過來。

「你剛剛和結實小姐聊了什麼？」

「呃，就是關於屏風的事，還有其他很多……的事。」

這些其他很多的事當中，包括了你當詐欺師這件事情被人發現，而且還被詐欺對象徹底看出你暗戀的人是誰等等，這些話我實在說不出口。

我暫時先拋下腦中亂哄哄的訊息，做了一個深呼吸，試著直接詢問當事人。

「阿樹你……喜歡環小姐嗎？」

結果阿樹一邊抓著頭一邊害臊地傻笑，這個反應只能解釋為承認了。不對啊，現在可不是傻笑的時候！狸貓愛上狐狸是想怎樣呀？

「從什麼時候開始的？」

「……我現在還記得我們第一次見面的時候，她請我吃的天婦羅的味道。」

那幾乎等於是一見鍾情了吧？所以他從這麼早之前就喜歡著環小姐了。

不不不，這其實也沒什麼。只是身為一個詐欺師，竟然連詐欺對象都有辦法發現他的暗戀對象，這樣很不妙吧？而且對方不但沒有指責，甚至還面帶微笑地守護他啊！

我再次看了羞紅著臉頰的他一眼，嘆出一口長長的氣。

不知道當事人環小姐到底有沒有發現他長年以來的心意呢？

一抬起頭，我正好和看著這裡的環小姐四目相交。

環小姐先是瞪大了眼睛，然後綻開了如花一般的笑容。接著，她把食指抵在嘴唇上，閉起一邊的眼睛。

那個動作讓我明白了所有的一切，我不由得按住了眼頭。

（她知道。她全部都知道，然後拿他尋開心啊，那個人！）

這麼說來，當初見到結實小姐的時候，她也曾經突然靠在我身上，想必那全都是故意的吧。她就像這樣看著阿樹的反應取樂。我突然覺得阿樹有點可憐了。

啊啊，不過，這兩個人一定是從初次見面開始，就維持著這樣的關係也說不定。我也只能想像出這樣的狀況。而且阿樹本人似乎沒有任何不滿，我這個活了短短十七年，又是新來乍到的人，實在沒有資格批評活了數百年之久的他們。對他們來說，這樣的關係可能才是正確的吧。

再說，阿樹看起來是真的很幸福。

不過繼續這樣下去，阿樹成功完成結婚詐欺的那一天，大概永遠都不會到來吧。然後他一定又會被甩，又會來到店裡大吐苦水。等到那時，我就稍微陪陪他吧。狐狸和狸貓的互相欺騙，早就可以看出勝負了。但是他仍然勇敢地繼續挑戰，我想我應該為他的意志力表示一些敬意。

第四章

貓又的故事

我深深吸入一口氣，將肩膀放鬆，然後緩緩吐出。

接著，我屏住呼吸，把所有精神集中在指尖。只有一個小小暖爐的工作室非常寒冷，需要費一番功夫才能讓手指不再自然顫抖。左手緩緩地、緩緩地向下移動，拿著刷毛的右手也同時跟進。配合這個動作，鋪在桌上的紙開始慢慢被手中的和紙所覆蓋，等到進行到最後，我鬆開了紙張，和紙立刻順著地心引力落下，然後再用刷毛小心地完成最後步驟。

「哈啊啊啊啊！」

緊張感瞬間解除，我忍不住喊了出來。

無視於我的反應，師傅緊盯著作業台，從頭到尾細細檢查這兩張疊合在一起的和紙。

「嗯哼。看來似乎沒有空氣跑進去。」

「成功了嗎？」

「成功了吧。」

「太好了！」

看到我握緊拳頭，開心地擺出勝利姿勢，環小姐有點啼笑皆非。

「太誇張了。不是都做過三次了嗎？」

「不管做幾次都一樣超～級緊張啊。要是失敗就糟了，不是嗎？要是不小心傷到畫心就完蛋了，所以當然會繃緊神經啊。」

「哎，緊張感也是很重要的，不過這還只是初裱而已喔！」

「對喔。還要再做兩次對吧？」

這種緊張萬分的事情還要再做兩次——實際上應該是兩次乘以四張圖畫共計八次。不對，還有綾布等其他東西都需要托裱。一想到之後要做的事，我就感到有點虛脫。

環小姐對著這樣的我微微聳肩。

「你可能有點過度緊張了吧。」

我現在正在做的，是裱褙作業當中非常重要的一道手續，名稱叫做托裱。

所謂托裱，簡單來說就是為了加強或修補畫心，而在畫心背面貼上和紙的手續。

自從知道要貼上和紙之後，我一直以為是塗上漿糊然後貼上去就好，不過這項工程的內容和我想的完全不一樣。

「首先，要先把畫心弄濕。」

先鋪一張已經用噴霧器弄濕的和紙，然後再把畫心（練習用的假畫心）翻轉過來，然後蓋上去。隨後環小姐繼續毫不留情地利用刷毛和噴霧器把畫心弄濕。

我在震驚的同時，也感受到焦慮。因為這是師傅做的事，所以應該不會有錯，不過要是墨汁

暈開，作品不就毀了嗎？我開始擔心起來。然而擁有數百年實務經驗的傳說中的裱褙師，對我表現於外的不安嗤之以鼻。

「不必露出這種表情，這不會有問題的。要是一開始不這樣讓紙張伸展開來，就沒有辦法進行托裱了。因為一旦出現皺摺就麻煩了呀。」

隨後她拿出了托裱用的薄和紙，在作業台上盡可能地塗上一層薄薄的漿糊。之後再把塗滿漿糊和水分的紙張放在畫心之上，搭配使用刷毛，把它們緩緩貼和在一起。這個作業看似簡單，實際上卻非常困難。

不管托裱用的和紙比畫心大多少，只要開始時稍微貼歪，畫心就會凸出一角。有空氣跑進去或出現皺摺的時候，也算是失敗。

「之後只要把貼在畫心正面的和紙剝下來，就大功告成了。」

這就是托裱的作業流程。

經過師傅指導後，為了之後的正式裱褙工作，我用假畫心練習了好幾次。反覆練習多次，我想自己應該已經沒問題，於是挑戰了正式裱褙。不過正式工作和練習畢竟是不一樣的，一次定江山的壓力真的非同小可，所以我才會變得比平常更疲累。

我把完成托裱的畫心貼上木板待乾，這時環小姐開口說道：

「完全乾透需要一整天的時間，之後的增裱要等到後天才能進行。」

「先不說增褙，一想到最後階段的總褙，我真的覺得緊張得半死啊。大小跟增褙完全不能比對吧？」

「那是鑲接之後的事情吧？你還真是心急啊。」

掛軸所需要的托褙手續共有三道。首先是直接在畫心上托褙的動作，叫做初褙。今天做的就是這道手續。之後再在上面多貼一層增褙，最後則是把畫心貼在綾布上——這道手續叫做鑲接——然後就是對掛軸整體進行托褙的總褙。

「增褙和總褙的漿糊濃度又不一樣了，對吧？」

「沒錯。那也必須依照當時環境的不同做出變化。另外和紙也一樣。初褙用的是薄美濃紙，增褙用的是美栖紙，而總褙則是用宇陀紙。」

利用三種不同性質的和紙進行托褙，能讓掛軸更加適應溫度變化，也會變得比較好捲。這也是古代人的智慧之一。

「總覺得裱褙師的工作變得越來越不起眼了呢。不管是製作漿糊還是托褙，都是在看不見的地方全力以赴，應該說是背地裡的努力嗎？」

裱褙乍看之下確實相當華麗優雅，但是我壓根沒想過幕後使用的竟然是這樣的技術。首先我就完全不知道要在上面貼上好幾層的和紙和綾布，畢竟這種事情，要是沒有實際分解來看的話，根本不可能知道啊。光用看的，根本看不出製作過程中花了這麼多功夫。

看著半是佩服、半是訝異的我，環小姐點頭回應道「的確如此」。

「托裱這道手續的確不會登上檯面，是完全看不見的部分。但是——隱藏在內側的東西，有時才是真正重要的東西喔。」

我覺得自己莫名可以理解這一點。就在我點頭同意的時候。

「環小姐——！在嗎～？」

隨著突如其來的喊叫，一陣轟然跑步聲從走廊傳了過來。然後砰的一聲，工作室的拉門被狠狠甩開。

「啊～有在有在！洸之介果然也在！」

如風馳電掣般出現的人，是個和我差不多年紀的女孩。留到胸口附近的茶色頭髮微微捲曲，眼上貼了假睫毛，化著辣妹妝。身上穿著不是很整齊的西裝式制服上衣，以及可以加上超級二字的超短迷你裙。在十二月的寒冷氣溫下，她從裙子下方伸出來的白皙雙腿，與其說是眩目，其實更有涼颼颼的感覺。

環小姐看著元氣十足的她，無奈地嘆出一口氣。

「蓮華，我們還在作業中啊。另外這樣好冷，快把門關起來吧。」

冰涼的冷空氣流進了工作室。這個房間已經很冷了，不過走廊更冷。

「會冷嗎？我倒覺得今天有點熱呢。」

「會這麼認為的人，就只有妳和妳的族人而已喔。」

「可是要是不冷的話，我可是會融化的。這是事關生死的問題呀！」

她說的話確實是真的。

因為她就是以前送了天然冰過來的雪女。

進入十一月後不久，她結束在冰淇淋工廠冷凍庫裡的打工，回到加納裱褙店來。說到雪女，一般人大多都會聯想到個性穩重或陰沉、表情很少出現變化、整個人像雪或冰一樣冷淡等等，但是蓮華卻徹底顛覆了這個刻板印象。個性開朗，表情也是千變萬化，是個吵吵鬧鬧的女生。第一次見面打招呼的時候，她就異常亢奮。說得更正確一點，她無時無刻都非常亢奮。

「環小姐，妳的工作還要很多時間嗎？」

「不，已經結束了。只剩下最後的整理而已。」

「真的嗎？太好了～！啊，我也來幫忙吧。」

「發生什麼事了嗎？」

「嗯，小事而已啦。環小姐，可以借用一下洸之介嗎？」

「咦？我嗎？」

原本以為自己完全是個局外人，卻被指名道姓點了出來，我不由得驚訝地指著自己。

「沒錯。洸之介，稍微陪我一下吧！」

蓮華咧嘴笑了一下，握住了我的手。那驚人的寒冷，讓我整個人發起抖來。

我被半強迫地拉出店外，來到冬夜的寒風中，直接朝著車站前進。跟著電車左搖右晃之後，我們抵達的地方是這一帶最熱鬧的鬧區。街上到處林立著十幾到二十幾歲的年輕人都非常喜愛的人氣品牌服飾店，此外飾品店和咖啡廳等商店也是隨處可見。這就是所謂年輕人的街道。而且又是在聖誕節前夕，每家店都掛上了冷杉樹和馴鹿等聖誕節裝飾品，感覺比平常熱鬧許多。

氣象報告說今年冬天是暖冬，不過那一定是騙人的。路上行人呼出來的氣息是一片雪白，此外天氣一旦變壞，下的就不會是雨，而是雪。天氣就是冷到這種地步。

從離開環小姐的店，直到抵達這條街為止，我一直被蓮華層出不窮的問題轟炸。她想知道現在的高中生之間流行什麼。例如學校裡流行的東西和用語、目前當紅的電視節目或藝人等。理由似乎是因為「要是沒有頻繁更新，就會跟不上流行，這麼一來就沒有辦法假扮女高中生了」。

「那麼，妳乾脆去上學不就好了嗎？」

「可是念書很麻煩嘛。再說我只有冬天的時候能去學校，所以手續很不好辦啊。」

「的確是這樣沒錯呢。」

「以前曾經去過一次，不過每天上學果然麻煩得要死啊。而且一旦被老師盯上又很糟糕~心裡可不能認為年紀明明比我小，到底在囂張什麼之類的。另外聊天的時候偶爾還會說出好幾年前流行的東西，然後想著完了，又說溜嘴了這樣。」

我會露出馬腳啊！說完，蓮華吐了吐舌頭。

「因為我不像揚羽一樣厲害啊。」

「揚羽也有去上過學嗎？」

「嗯，應該有好幾次了吧，都是環小姐幫忙準備書面資料的。然後她每次都會乖乖去滿三年喔！跟我完全不一樣。」

「喔～」

也就是說，如果時間湊巧的話，我可能會和揚羽就讀同一所高中，或是同年級學生，甚至是同班同學也說不定呢。這麼一來，我應該會一直使用敬語吧。畢竟我們的年紀可是相差了一位數，而且更重要的是，我沒辦法用普通口吻跟揚羽說話，可以感受到那股壓力。

「蓮華和揚羽的感情很好吧？」

「是呀～我們打從一開始就很合得來。不過我的年紀比她小很多就是了。」

「第一次見面的地方，果然還是在環小姐的店裡？」

「是大家還住在東京的時候。因為我一直很討厭躲在雪山裡面嘛。我想要到人類生活的城市裡，嚮往人類的生活。然後我的朋友，也就是櫻汰的爸爸介紹了環小姐的店給我。那時揚羽也在店裡喔。」

「之後感情就一直很好對吧？」

「對呀，那時一直都在一起嘛。啊，不過揚羽曾經突然離開，有好一陣子沒有回來喔。記得大概隔了五年左右吧？剛好是在戰爭結束的時候回來。畢竟她可是貓又啊，之前好像就發生過突然消失的狀況。我這個人也是比較隨便，可能就是因為這一點，所以才合得來也說不定。」

「揚羽在那五年當中，去了什麼地方呢？」

「好像是裝成普通的貓讓人類飼養。她真的是很隨心所欲呢～」

「那個揚羽竟然……」

因為是貓又，所以她一直自由自在，個性強勢，面對任何人都能毫不留情地批評。雖說時間不長，但是竟然會老老實實地接受人類的馴養？我實在有點不敢相信。感覺揚羽變成貓之後，應該會對所有想碰她的人類又抓又咬，那才符合她的形象。

「到底是被什麼樣的人飼養呢？」

「這個嘛～聽說是個年輕女孩。住在稍微有點距離的宿場町——啊啊啊——！」

彷彿刺破耳膜一般突如其來的大喊，讓我忍不住摀住了耳朵。

「今年限定的聖誕節套組！超可愛、超想要的——！」

設置在對面大樓的廣告電視牆上，正播放著璀璨花俏的化妝品廣告。蓮華一臉陶醉地看著，女孩子就是喜歡那種數量限定的東西呢。雖然我總是懷疑她們買了這麼多化妝品，是不是真的用得完。

「這麼說來，聖誕節馬上就要到了呢。」

「大概還差兩個星期左右吧。真是的，這個時期限定的化妝品和小飾品實在太多，讓人好猶豫啊！夏天明明這麼努力打工存錢，結果一轉眼就全沒了！」

要買衣服啊，而且又要搶正月第一天的福袋。她眼神閃亮地討論著流行服飾和化妝品，這樣的身影跟班上的女同學並沒有兩樣。

「乾脆交個男朋友，讓他買給你怎麼樣？」

「嗯～但是我只能在冬天和對方交往，要他買東西給我實在有點那個呢～再說，我連手都沒辦法牽啊。」

確實如此。若是和雪女牽手，只要幾分鐘就會結凍成冰塊。不過蓮華經常直接撲到我和兵助先生身上，或是跟我們握手，真不曉得她到底把我們當成什麼東西看待了。

「不然就用之前聽阿樹抱怨的抱怨費名義，讓他買一套給我好了。還有兵助也是，他小時候的保母費，當時已經決定等他出人頭地之後要清償了。」

她開始唸唸有詞地說著各種恐怖的話。不久前被女友結實小姐甩掉，拿著酒抱怨個不停的阿樹也就算了，但我總覺得兵助先生的狀況應該是不可抗力吧。不過這話要是真的說出口，砲口可能就會轉到我這裡來，我只能像說不出話的貝殼一樣保持沉默。兵助先生，你節哀順變吧。

不知不覺中，大樓電視牆上的廣告已經切換成新聞。不同於熱鬧街景與聖誕節氣氛，新聞不斷播放著政治家貪汙醜聞和飛機事故等實況新聞的跑馬燈。下一則新聞則是在國外發現了大量戰時陣亡者的相關資料，這麼一來就可以詳細得知戰死國外的戰死者情報云云。感覺今天早上的新聞好像也有播過。

（這個人，從那個時代就一直活著了吧。）

我看著身旁的蓮華興致勃勃地計算著應該如何突破年末的商場大戰。不只是戰爭，她還經歷過明治維新、大政奉還，以及武士的時代。我們只能透過歷史教科書得知的那些時代，蓮華和環小姐都曾經生活其中。對她們來說，那並不是歷史，而是單純的過去吧。真的很不可思議。她現在的外表明明就是個完美的高中女生啊。

「話說回來，蓮華，我們接下來到底要去哪裡啊？」

「啊！對啊！現在幾點了？什～麼！已經這麼晚了？慘了，會被揚羽罵的！」

「揚羽？」

「對。我們接下來要去揚羽打工的地方。」

「原來揚羽有在打工嗎？」

「不過她已經辭掉了。等等再說，快跑吧，洸之介！」

雖然我依舊不知道為什麼我們非去揚羽以前打工的地方不可，但是我在蓮華的拉扯之下，最後還是跑了起來。

蓮華帶我抵達的地方，是距離鬧區有段距離、位在小巷裡的咖啡廳。然而這間店並沒有顯眼的招牌，如果蓮華沒說，我可能就會當成一棟普通大廈直接走過吧。走下燈光昏暗的狹窄樓梯，打開一扇掛有「open」告示牌的詭異小門。告示牌上面寫著「clatter of hoofs」。這是店名嗎？

一走進店裡，可以立刻感覺到裡面和外面是完全不同的兩個世界。當然，裡面有開暖氣，溫暖得讓人鬆一口氣。室內的燈光刻意調暗，到處都擺放著設計成不同形狀的桌椅，而且每個座位都坐滿了客人。吵吵鬧鬧的說話聲不絕於耳，和成熟沉穩的氣氛正好相反，裡面相當吵雜。

以間接燈光照亮的深色牆壁上，掛著許多幅畫，所以這裡應該就是所謂的畫廊咖啡廳吧。只不過令人在意的是，這些畫的主題全部都是馬匹。

「啊，找到了！揚羽！」

揚羽就坐在最裡面的吧檯坐位上。可能是聽見蓮華的喊聲，她朝著我們招了招手。蓮華也沒有等服務人員帶位，直接走了進去。

「對不起～我遲到了。」

「沒關係啦，每次都這樣不是嗎？我就猜一定會變成這樣，所以故意把時間提早了一點，看來這樣是正確的呢。」

蓮華沒有回答，像是大受打擊般按住了胸口。哎，的確是這樣沒錯，所以我也沒辦法幫忙打圓場。蓮華似乎決定無視揚羽的指責，只見她親暱地朝著吧檯裡的店員揮手。

「和馬哥，好久不見！」

「什麼好久不見，前陣子不是才剛來過嗎，小蓮華。」

黑色短髮的男性店員一邊苦笑，一邊揮手回應。

「哎呀，真的嗎？」

「這個人很健忘，可以不必對她認真啦，和馬哥。洸之介，別站在那裡，過來這邊坐吧。」

揚羽拍了拍椅子，而我也乖乖地坐下。蓮華跟著坐在旁邊。

吧檯的構造相當簡單，只在邊緣放了一幅有框的小小作品。不知為何，我相當在意那幅畫。可能是因為它和店裡的裝潢風格不太合，主題意外偏向奇幻的關係吧。那是一幅油畫，畫了一白一黑兩匹馬站在綠色草原上。顏色鮮豔，看起來相當可愛，但是畫框卻是純黑色，相當刺眼。

「洸之介，這位是這裡的店長，叫做西山和馬。一直到前陣子都還是我的上司。」

揚羽介紹完後，那位店長笑著說「請多指教」。年紀大概超過二十五歲吧。白色襯衫和黑色圍裙非常相襯，應該是個聰明爽朗、心態成熟的成年男性吧，我心裡這麼想著。而且，揚羽竟然對他使用敬語啊！光憑這一點就夠厲害的了。

「啊、是。話說，原來揚羽有在打工啊？」

「不過已經辭職就是了。」

「小揚羽很能幹，所以我原本不太想讓她辭職啊。而且沖泡的咖啡也廣受好評，我一直哀求她說我可以算時薪給她，要不要回來？但是一直被她拒絕，我的玻璃心都粉碎了。話說回來，你叫洸之介？給你咖啡好嗎？」

「啊，好的。」

「和馬哥，我要冰的飲料！要最冰的，在裡面放一堆冰塊的那種！」

蓮華氣勢十足地舉手點飲料，而和馬先生也像是早就習慣一般回應她。

「好好好。明明是從寒冷的室外進來，妳還真能喝冷飲呢，小蓮華。未免太有精神了吧。」

哎，畢竟她是雪女啊。我默默在心中低語。

「小揚羽，要第二杯嗎？」

「請給我跟剛剛一樣的就好。」

「了解。要加溫牛奶對吧。」

和馬先生確認了我們三人的飲料之後，立刻拿出咖啡豆，開始準備。

（果然是怕燙的貓舌頭啊……因為是貓又吧。）

當我一個人在心中自行解釋著眼前的對話時，揚羽就像是聽到我的心聲一般瞪著我。眼中的氣勢真的不是普通地強，感覺加倍恐怖。

「什麼？你有什麼話想說嗎？」

「不，沒什麼……啊啊，對了。揚羽能找到這家店，還真是不簡單呢。畢竟地點真的非常不起眼啊。」

我連忙改變話題，好不容易才轉移了她的焦點。

「是喬治幫我介紹的，他以前好像是這裡的常客。」

我想起了之前曾經見過一面，全身散發著酒臭的男人。

「鷲谷先生好嗎？最近他比較少來了呢。」

和馬先生詢問揚羽。這段期間手依然不曾停歇，流暢地動作著。他一刻不停地做著飲品，可見這裡就是這麼忙碌。

「很好呀。他之所以不來，一定是因為這裡變成這樣的關係。」

「哈哈，的確有可能。」

和馬先生苦笑了一下。但我卻是丈二金剛摸不著頭緒。

這時，來了一個手拿空盤的年輕店員。

「哎呀，這不是小蓮華嗎？好久不見啦！」

「秀哥！好久不見～！你看起來超忙的啊。」

「都已經沒有時間休息了呢。小揚羽要不要回來？」

「如果是以客人身分的話，我很樂意。」

「咦咦——別這樣，一起工作嘛！」

發現店員開始和揚羽聊起來，店長和馬先生立刻發出了尖銳的指示。

「喂，阿秀。別光顧著說話，把這個拿去十號桌。另外二號桌要司康餅。」

「好～的。那就先聊到這啦。」

被稱呼為阿秀的店員，以熟練的動作拿起餐點，走回顧客區。仔細一看，在客人之間穿梭的人，就只有他和另一個人。只靠三個人面對這種門庭若市的狀態，難怪沒有時間休息。想抱怨幾句也是情有可原啊。

「原來揚羽是在這麼忙碌的地方工作啊。」

「我在的時候，並沒有這麼忙喔。硬要說的話，應該算是比較清閒的。大概只有常客偶爾跑來的程度吧。」

揚羽用手撐著臉，一副不耐煩的表情這麼說道。而和馬先生也深有同感似地不斷點頭。

「因為我就是以這個構想開了這家店啊。我想經營一家只有認識的人才知道，像是成年人的祕密基地一樣，所以才開了這家店。白天是畫廊咖啡廳，晚上則是酒吧。你看，這附近全都是針對十幾歲的年輕人開的店，幾乎沒有成年人可以好好休息的地方吧？怎麼說呢，就是沒有大人的容身之處吧。所以我才想打造一個成年人、尤其是成年男性能夠放鬆心情的地方。」

降到最低亮度的燈光，簡約而富有設計感的桌椅。的確，勤奮工作的成年男性，會比我這種十多歲的學生更適合這片沉穩的空間。遠離地面上那個充滿年輕活力的世界，時間流動緩慢的洗練空間，像這樣的地方，成年男性的確可以隨時想來就來。

「所以現在變成這副模樣，真的出乎我的預料之外啊。大概是遭到報應了吧。」

我順著和馬先生的視線，環視了整間店。

所有座位都被坐滿了。而客人幾乎是清一色的年輕女性，隨處都能聽見開心談笑以及呼喚店員的聲音。當初剛走進這間店裡時所感受到的不協調，可能就是來自於沉穩的店內氣氛，跟女性客人華麗熱鬧的感覺不太相符的關係吧。

「我辭職是在一個半月前，那個時候還是整間空蕩蕩的啊。後來為了送還制服而過來時，店裡就已經被年輕女孩子擠得水洩不通了，甚至還有人在店外排隊呢！真的嚇死我了。」

「因為那一天特別忙啊。來，洸之介同學，咖啡。糖和奶精在這邊。小揚羽是咖啡歐蕾，然後小蓮華是冰涼涼的柳橙汁。還要吃點什麼嗎？這次我請客。」

意想不到的提議，讓我嚇了一跳。

「可以嗎？」

相對於我像是確認似地反問，蓮華似乎根本不知道日本人的美德就是客氣，儘管她住在日本的時間比我久得多，不過現在卻是率先舉手，整個身體都探了過去。

「我要冰淇淋！給我冰淇淋吧！」

「小蓮華還要吃冰的東西啊？」

「沒辦法，因為很熱嘛。」

蓮華做出了用手搧風的動作。見狀，和馬先生有點意外似地歪著頭。

「熱？要把暖氣開弱一點嗎？」

「不要緊的，這樣剛剛好。」

「就是說啊。會說這種話的人，大概就只有蓮華吧。」

「是嗎？」

「是的。啊～我要吃什麼才好呢～」

為了改變話題，我故意放大了音量說出這句話，同時打開和馬先生遞過來的菜單。這裡畢竟是以男性客人為目標的店，感覺大分量的餐點比較多，蛋糕和其他甜食則非常少。那些女性顧客到底在吃什麼東西呢？我不禁感到疑惑。

我呆呆地從菜單裡選出三明治，然後點餐。對，我真的非常呆。因為我到現在都還不知道蓮華為什麼要帶我來這間店，我應該更加警戒一點才對。然而那個時候，我根本沒注意到自己被這種一看就知道是陷阱的東西給騙了。

「洸之介，你進來這家店的時候，有沒有感覺到什麼？」

「不，沒什麼特別感覺。頂多只覺得地點這麼隱密，但是人卻這麼多而已。」

「是嗎。」揚羽似乎有點失望。

「大概還有圖畫很多吧。而且全部都是和馬有關的畫。」

「啊啊，那是因為我喜歡馬。」和馬先生有點難為情似地說道。「因為我的名字裡有個『馬』字，從以前就一直很喜歡馬。理由很單純啦。而且店名也是『馬蹄聲』的意思。裝飾在這裡的，都是我朋友或是認識的人的畫。因為我是美術大學畢業，動用了當時的同學和朋友的管道，蒐集馬匹的圖畫。有些是沒辦法光憑畫畫混飯吃的人畫的，也有些是還在練習中的傢伙的作品。我想這樣說不定剛好可以幫到他們，所以就變成了畫廊。」

「原來是這樣啊。」

我突然對和馬先生產生了親切感。因為雖然領域不同，不過我也和繪畫關係匪淺。

「所以，你有什麼特別在意的畫嗎？」

「……那倒是沒有。」

雖然我有點在意吧檯上的小油畫，不過我認為那一定是因為圖畫的風格不太一樣，所以沒有告訴揚羽。然而揚羽似乎感覺到了這一點，毫不留情地逼問我。

「真的嗎？」

「是、是真的！話說回來，這裡的畫，難道有什麼問題嗎？」

「我本來以為會有的。」
揚羽這次露出了明顯失望的表情，有點不耐煩似地回答。
「那種事情我沒辦法知道啦！」
「不過你是環小姐的徒弟吧？而且還是睽違已久、備受期待的新星。」
我不由得僵住了。隨後立刻把音量降低到和馬先生聽不見的程度。
「我只是普通人類啊。而且說到徒弟，還有兵助先生在不是嗎？」
「那傢伙不行啦。既不會做檯面下的工作，又沒有才能，而且還是個膽小鬼。」
「我也不會做啊。」
「可是你一直都在看著環小姐做吧？」
「既然這樣，直接拜託環小姐不是更好嗎？」
「因為這裡沒有漢堡嘛！而且連日本茶也沒有，再加上環小姐不喜歡咖啡。」
「咦？就因為這種理由？」
我不小心喊了出來，連忙按住了自己的嘴巴。
「所以環小姐是最後的祕密武器，我想讓你這個徒弟先過來試試看。這可是你在裱褙師檯面下工作範圍中的初次登場喔。」
揚羽甜甜一笑。看在旁人眼中，大概只看到了高中女生的可愛笑容，但是我只感受到沉重無

比的壓力，背脊陣陣發冷。我對這個笑容有印象，是環小姐。這個笑容跟環小姐一模一樣。然後我這才醒悟過來，我早在不知不覺當中就闖進了陷阱，而和馬先生令人感謝的提議只是一個引我上鉤的餌。

啊啊，被貓盯上的老鼠，大概就是這種感覺吧。我彷彿事不關己似地這麼想。

「這一個月來，女性客人突然增加是有理由的。」

揚羽像貓咪一樣瞇著眼睛說道。

「變成現在這樣之前，這裡的狀況就跟和馬哥所描述的一樣，幾乎都是男客人。但是就在一個月前，開始出現零零星星的女客人，然後轉眼間就變成了現在這個情況。很奇怪吧？」

「是滿奇怪的。」

我誠實地表達贊同。

「於是和馬哥和我就試著詢問這些女孩子們，是從哪裡得知這間店。結果大家都說了同樣的答案——因為有人說，只要來這家店，戀情就會開花結果。」

揚羽露出了少許不屑一顧的感覺，滋滋滋地啜飲著咖啡歐蕾。雖然不知道那是喝日本茶養成的習慣，還是因為她的貓舌頭，不過那真的不太像是咖啡的喝法。這如果被歐美人士看到，一定會生氣。

「那是真的嗎？」

「好像是真的喔。」揚羽顯得相當沒勁。

「聽她們說著說著，最後都會慢慢變成閃光大會了嘛！」

吃完冰淇淋之後，身體如願冷了下來的蓮華，元氣十足地說出理由。

「當事人獲得幸福是件好事啦，不過同樣的事情反反覆覆聽來聽去，真的聽得一肚子厭煩，都快消化不良啦！大家一來到這間店裡，就會開啟戀愛模式。單戀的人下定決心告白，最後變成兩情相悅；和男友發展不順的人發狠把事情全部攤開來說，結果順利和好等等。還有什麼變得有勇氣啦，感覺有人推了自己一把啦，抱著不成功便成仁的心情、以遭到拒絕為前提試試看後竟然成功之類的，全是類似的狀況。」

「啊。因為類似狀況不斷發生，就傳了開來，所以有戀愛煩惱的女性就湧進了這家店？」

「對。」

「而妳們覺得原因可能在於掛在這家店裡的畫，所以要我找出是哪一幅畫？」

「沒錯！」

我左右兩邊的兩人異口同聲地回答。而且她們還像是說著「答對了！真了不起」似地用力拍起手來。總覺得我的頭都開始痛了。

「我沒辦法。再說，我完全不懂為什麼妳們會覺得問題出在畫上啊。」

「因為除此之外再也想不出其他理由了嘛。因為設備和工作人員都沒有變，唯一有變的就只有那些畫了呀。」

「是這樣嗎？」

我向熟練地製作料裡的和馬先生詢問。

「是呀。大概在一個月前，增加了兩幅新畫。」

「請問是哪兩幅呢？」

「一幅掛在那邊的入口，另一幅掛在裡面的牆壁……那邊的第二幅。」

「用水墨畫成的那幅嗎？」

「沒錯。」

第一幅是油畫，畫的是在夕日草原上奔跑的黑馬。至於第二幅，則是光以水墨畫在和紙上的畫。兩幅畫的馬匹都非常雄壯，充分傳達出生命力、躍動感，以及奔馳的速度感，是非常強而有力的畫作。兩幅畫都裱了相當華麗的外框，掛在牆上。

「油畫是我朋友畫的。因為機會難得，所以才特地為了掛在我這邊而畫，他現在正在巴黎的美術大學留學。另一幅則是透過店裡常客認識的畫家畫的，聽說那個人是有辦法在東京舉辦個人畫展的知名人士，不過因為我一看到這幅畫就愛上了，就硬是拜託他讓給我。」

「這兩幅畫，怎麼說呢，會是以戀愛為藍本畫的嗎……」

舉凡那種甜蜜感，或是閃閃亮亮的感覺之類的，根本連個影子也沒有。

「完全不是啊。」

「說的也是啊～」

「會不會其實跟畫沒關係呢？」

「可是又想不到其他理由呀。」

揚羽還不打算放棄這個想法，但是我已經舉手投降了。果然這種事情不該找我這種外行人，直接請專業人士過來看看，才是最好的做法啊。就算這裡沒有環小姐想吃的東西，只要在回家路上買一、兩個漢堡給她，就報酬來說應該就夠了吧？

「欸欸，和馬哥。這邊這幅小小的畫，以前就有了嗎？」

蓮華一邊喀喀喀地啃著杯子裡剩下的冰塊，一邊指著那幅放在吧檯上的油畫。

「很久以前就有了喔。」

「我還在的時候就有了吧。只是那個時候並不是對著客人的坐位。我記得之前站廚房的時候經常看到。」

「因為那是我個人的收藏，不是拿來賣的。有一次剛好被客人看到，然後對方似乎相當喜歡。而我也覺得只有我一個人看實在太浪費，所以就把它放在這裡了。大概是在小揚羽辭職之後沒多久的事吧。」

「這幅畫，是琴子姐畫的吧？」

「是呀。小揚羽有見過她？」

「只見過幾次。」

「因為她每次都很晚才來啊。不是來喝咖啡，都是來喝酒。」

畢竟我不能讓高中生工作到十點以後嘛。和馬先生低聲說道。揚羽似乎是以女高中生的身分在這裡打工。這其實是相當嚴重的年齡詐欺吧。

「所以這幅畫的作者果然是女的吧。」

聽完他們的對話，我自行意會了過來。因為第一眼看到的時候就很在意了，畫中的黑馬，以及抬頭仰望黑馬似的白馬，跟其他幅畫不同，畫得相當可愛。這個部分，就跟它的黑色外框一樣，和這間店的氣氛格格不入。

這是和馬先生在這間店裡唯一容許的女性氣息，而且還是個人的收藏——我馬上開始期待接下來會有什麼發展。這份期待似乎不小心表現在臉上，只見和馬先生看著我笑了出來。

「沒有沒有。沒有發生洸之介同學想的那些事情啦，因為對方可沒有把我當成男人看待啊。我們感情很好沒錯，不過比較像是哥兒們。」

「哥兒們，是嗎？」

「是啊。另外大概還有憧憬吧。因為她總是筆直地朝著自己成為畫家的夢想努力。只要喝了酒，她就會熱血上湧然後開始說教，但是聽她說話真的很愉快。啊啊，好懷念啊。記得她每次都會點含羞草來喝。」

含羞草好像是一種雞尾酒的名字。和馬先生像是拖曳著記憶之絲一般繼續說下去。

「而她實現夢想的第一步就是去紐約。她說以後不會再回來日本，一定會在國外獲得成功給我看，是個非常堅毅的女孩。年紀雖然比我小，但是真的非常令人尊敬，所以我也打從心底支持她。這幅畫，是她出國之前送給我的。還開玩笑地說將來成名之後一定會身價暴漲，叫我不准賣。據說是因為我喜歡黑馬，而她喜歡白馬，所以才畫了兩匹上去。」

和馬先生輕輕地把畫拿在手上凝視著。

「另外，我拿到這幅畫是在一年多以前，之後就一直放在這裡。最近雖然有動到它，但也只有稍微移動位置而已，跟那個傳聞應該沒有關係吧？」

「這個嘛，應該吧。」

我徵得和馬先生的同意，拿起油畫仔細觀察。讓人感受到一股堅硬感的純黑畫框，連內側都是黑色的，是帶有光澤、相當亮眼的黑。我看遍了這幅畫框的每個角落，但是沒有找到任何異樣之處。這是一幅非常普通的畫。

（可是，就是有種怪怪的感覺啊。）

內心深處有種煩躁感。像是有魚刺卡在喉嚨裡一般，感覺非常不爽快。彷彿遺漏了某些東西似的，無法付諸言語的不安。而且這種感覺一直沒有消失。

這時，和馬先生端出了剛做好的三明治。總覺得他似乎不想繼續說下去了，所以我也老老實實地接受招待，之後我們聊了一些不痛不癢的話題，然後結束這次的拜訪。

除了琴子小姐這位女性所畫的小小油畫，還有另一件事情讓我十分在意，那就是傳聞的出處。要是能知道這一點，說不定就能更加接近發生在店裡的神祕現象的真相。

「促成戀情的咖啡廳？」

隔天，我師法那些戀愛中的女孩，總之先抱著不成功便成仁的精神，訊問身邊的森島知不知道那間店的傳聞。

「知道啊。就是那間叫做『克萊特・歐福・胡福斯』的店吧？」

「你聽過啊？森島？」

「那當然囉！你以為我是誰啊？」

「結之丘高中的第一吹牛大王。」

「並不是～！我是結之丘高中的第一情報王～！話說你這樣對待摯友，不覺得很過分嗎？」

森島刻意露出了大受打擊的表情，裝模作樣地小口啜飲著寶特瓶果汁。老實說真的很煩人。

「那麼，你是從哪裡聽到關於那間咖啡廳的傳聞？」

「嗯？從我姐那裡聽來的。」

「你姐？」

「對啊。我姐可是在我之上的情報王啊。你看，之前不是流傳過那個大妖怪的傳聞嗎？就是不知不覺中消失的那個。她也知道那件事。聽說她當時是在常去的美容院裡聽來的，一間叫做『卡波奇歐』的店。據說那邊的店長也掌握了很多情報，而且離那家咖啡廳也挺近的。」

這個話題也讓人十分感興趣，不過現在得先解決咖啡廳的傳聞。我把話題拉了回來。

「你姐有說過是從哪裡聽來的嗎？」

「從她大學同學那邊吧。聽說那個人去了傳聞中的咖啡廳之後，就和她暗戀已久的對象修成正果。老姐她也吵翻天了啊。一聽到這個消息，她就馬上跑去那家店了。那個時候傳聞還沒有傳開，店裡好像也沒那麼多人。」

「所以，你姐的戀情也實現了嗎？」

森島按住嘴巴，像是再也忍不住似地噗哧笑了出來。

「那個啊，她什麼事也沒發生。真的超好笑的，因為她好像根本沒有什麼喜歡的對象啊。根據老姐周遭的說法，能夠實現戀情的人，基本上只限於有對象的人啊。哎，是說正常男人才不會理會那種濃妝豔抹的老太婆啦。」

只有在自己有喜歡對象的時候才有效，這會不會是相當重要的一點呢？根據蓮華的調查，成

功案例當中似乎的確是以有對象的人居多。

「什麼？你很在意那個傳聞嗎？難不成你有喜歡的女生了？」

「不～是啦。只是……我認識那間店的店長。」

「喔，什麼時候認識的啊？」

森島睜大了充滿好奇心的雙眼，俯視著坐在椅子上的我。順帶一提，這傢伙現在坐的地方，是我前面的後藤同學的桌面。之後得拿張除菌紙巾擦乾淨，不然就太對不起人家了。

「就這幾天而已，是透過朋友認識的啦。」

「嗯～難不成跟你爸有關？畢竟那邊是畫廊咖啡廳嘛。」

「啊啊，差不多是這樣。」

我順勢帶過這個話題，就當作是這麼回事吧。我沒有把環小姐的事情告訴任何朋友，也不想讓他們知道——尤其是森島——所以我撒了謊。要是被這傢伙知道，之後會非常麻煩的。

「店長好像很在意這個傳聞是從哪裡流傳出來。我本來以為你應該會知道。」

他似乎把我的話當成讚美。心情大好的森島，露出了得意洋洋的表情，意氣風發地點頭。

「哎哎哎～如果是這種問題，隨時都可以拿來問我啊！既然這樣，要不要順便幫你多問問看我姐呢？」

「真的嗎？」

「客氣什麼，我們可是好兄弟耶！」

森島的鼻子像天狗一樣翹得老高，而我似乎成功把它拉得更長了，可能比櫻汰的鼻子還長，但是櫻汰更加成熟有禮貌，這傢伙根本比都不能比。

「那就拜託你了。啊，可以順便多問一件事嗎？」

「喔！我什麼都幫你問！」

「就是在咖啡廳裡的畫，如果有什麼印象特別深刻的，希望可以一起告訴我。另外再幫我問問，看她記不記得一幅在夕日草原上奔跑的黑馬油畫，還有馬的水墨畫。」

我本來已經做好準備，等他反問為什麼要確認這些事情，但是這傢伙卻是意外地，不對，應該是一如預料地老實單純，似乎不太會懷疑別人。

「交給我吧！」

森島挺起胸膛，自信滿滿地笑了。

幸好這傢伙是個愛湊熱鬧又容易使喚的人啊。我第一次打從心底這麼想。

放學後，我朝著加納裱褙店的方向走去。因為昨天回家的時候，揚羽她們再三叮嚀我一定要過去店裡一趟。不過更重要的是，我想親眼確認一下昨天托裱之後的畫心狀況如何。

為了盡快逃離室外的冷風，我快步鑽過了門簾。這時，一個身穿全套整齊制服、臉上化著淡妝的女孩子慌慌張張地走了出來。她的長相，讓我覺得有點似曾相識。

「揚羽？發生什麼事了？」

這個女孩子，竟然是卸了辣妹妝的揚羽。

只不過是改變化妝方式和服裝，女孩子就會有這麼誇張的變化嗎！我嚇了一跳。根本變成另外一個人了。

「抱歉，我突然有急事，得去江戶一趟。」

「江戶？」

「說錯了，是東京！環小姐，我走了！」

朝著店裡這麼喊了一聲後，揚羽立刻抓起行李跑了出去。

「雖然每次都是這樣，不過她還真是靜不下來呢。」

我還愣愣地看著外面時，從裡面走出來的環小姐有點無奈似地這麼說道。她今天穿的和服是繪有白雪結晶的藍色和服。

「揚羽是怎麼了？這麼匆忙。」

「在東京的朋友送了消息過來，說她一直在找的東西可能有點線索了。」

「她在找的東西？」

「是她一個老朋友的遺物。別說了，天氣這麼冷，快點坐進暖被桌吧。我現在就來泡茶。」

我脫下外套，走進和室間。裡面的紙門是開著的，可以看到蓮華正一派輕鬆地坐在外廊上，今天她也穿著一看就覺得冷的單薄衣物。

「洸之介，對不起啊。因為揚羽出門去了，所以今天的作戰會議暫停。」

「沒關係，這樣反而剛好。因為我學校的同學好像可以幫忙調查那個傳聞的出處。」

「真的嗎？洸之介，你交了一個好朋友呢！」

「雖然不知道可不可靠就是了。」

「那～我們就等到你朋友的報告出爐之後，再去和馬哥那邊吧。我也會去多找幾個店裡的客人打聽看看。那麼，就等到揚羽回來之後再來開會吧！」

「麻煩妳了。」

這時，環小姐拿著茶和點心走了進來，而我們也像是約好似地同時閉上嘴巴。可能是覺得我們的樣子很不自然，環小姐把頭歪向一邊，詫異地問：「怎麼了？為什麼突然不說話。」

「嘿嘿，因為這是只有我們知道的祕密呀。對吧，洸之介？」

「嗯，差不多就是這樣。」

其實環小姐才是這方面問題的專家，和她討論，才是解決這次問題的最快捷徑。我心裡雖然這麼認為，但是現在只能苦笑。

不知道是無所謂還是沒興趣——我猜應該是兩者皆有——總之環小姐並沒有繼續追問。

「請問揚羽大概什麼時候才會回來呢？」

「這個嘛，可能是幾天，也可能是幾個星期……」

「她原本就打算在那邊留宿嗎？」

「大概吧。雖然沒辦法說得太具體，不過應該不會這麼快回來。」

這麼說來，揚羽以前好像曾經出門一趟，結果過了五年才回來？這次應該不會那樣吧？應該會回來吧？我稍微有點不安起來。

最後，我的擔憂只是杞人憂天。兩天後，蓮華傳了一則「揚羽返家，盡速至clatter of hoofs集合」像是電報般的簡訊過來。

我放學後直接前去店裡，但是這次很不巧地客滿了，所以我和她們在店門口會合後，立刻移動到附近的家庭餐廳，召開緊急會議。

「揚羽妳是什麼時候回來的？」

「今天早上。所以我也還沒從蓮華那裡聽到任何消息，她只叫我來店裡集合。」

可能是剛從遠方歸來的關係，她的臉上露出了些許疲態。想要快點回去環小姐的店裡睡覺，她的眼睛正在這麼說著。

「所以妳到底要說什麼？蓮華？」

揚羽開口催促，而本次作戰會議的中心人物蓮華開始洋洋得意地說了起來。

「之前詢問過的客人的朋友當中，有個很早以前就來過店裡的人。那個人也是在來過之後成功交到男朋友，不過她很肯定，那個時候並沒有看到入口處的油畫。」

「這是真的嗎？」

「嗯。因為她坐在那裡面，正好可以清楚看到入口，所以她說她記得非常清楚。」

「嗯哼～那就表示那幅畫可以排除在外了。」

「沒錯。」

「這是獨家消息吧？我很厲害吧？」

「對對對～好厲害好厲害。那洸之介呢？有查到什麼嗎？」

我把自己委託森島，以及森島那邊的消息還需要一點時間的事情，告訴了揚羽。

「你真是交了一個很方便的朋友呢。」

「那傢伙自稱是情報王，知道的事情比我多得很。」

等到作戰會議結束，走出店外，天色已經徹底暗了下來。呼出的氣息也是白的，冷風直接灌進脖子裡，讓人全身發冷，我趕緊把圍巾圍了起來。

對於寒冷，揚羽的反應比我更誇張。全身已經穿得跟雪人一樣圓滾滾的，卻還叫著好冷好冷。我覺得既然天氣這麼冷，那就別穿迷你裙不就好了嗎？不過這好像是她絕不讓步的地方。

相對地，蓮華則是穿著單薄，整個人活蹦亂跳的。為什麼這兩個人會變成好朋友呢？

我們在家庭餐廳的門口和蓮華分開，她打算先去探聽一下聖誕節限定商品的消息。

對那些東西沒興趣的揚羽，和我一起並肩離去。

從小巷走到大路，街上到處點綴著華麗耀眼的霓虹燈。每間店裡都播放著應景的聖誕歌曲，處處展示白色、紅色和綠色的聖誕節色系。雖然每年都是如此，不過一旦包圍在這種熱鬧的氣氛下，心裡也會自然地雀躍起來。儘管早就不是相信聖誕老人的年紀，而且也不可能收到禮物了。

（——這麼說來，老爸好像曾經送過聖誕禮物回來。）

突然送來的東西，是包裹了數十層緩衝材料的法國葡萄酒。那個時候，老爸好像正待在法國。可是為什麼是葡萄酒？當時我雖然還是個孩子，卻也覺得非常奇怪，我記得當時還想著自己的爸爸真是與眾不同。後來我才知道，那瓶葡萄酒是在我出生的年分釀造的，所以老爸其實也是有先考慮過才送。

真令人懷念啊。那個時候，我從不覺得聖誕節父親不在是件寂寞的事。

不過，我現在想的是真希望能和普通家庭一樣慶祝聖誕節，哪怕只有一次也好。

因為老爸回來的那一年，病情日漸嚴重，最後連飯都沒辦法好好吃，所以實在不是慶祝節日的時候。然而，現在不管說什麼都已經太遲了。

我側眼看著走在身旁的揚羽，她和蓮華不同，相當穩重而冷靜，看起來好像也沒有什麼物慾。但是之前卻是非常驚慌，我還是第一次看到揚羽變成那副模樣，相信她要找的那個東西一定非常重要吧。

「揚羽妳是去東京找什麼呢？」

我不經意地詢問揚羽。

「我聽說是妳一個老朋友的遺物。」

「你從哪裡聽來的？」

「是環小姐說的。」

「啊啊。」揚羽呼出一口氣。「我在找的東西啊，是我以前的飼主遺留的東西。」

「以前的飼主，是生活在戰爭期間的人嗎？」

「這也是從環小姐那裡聽來的嗎？」

「這次是蓮華說的。請問那位飼主是什麼樣的人呢？」

「是個年輕女孩，比洸之介稍微大一點吧。個性很強悍，有種管不動的任性女孩的感覺。」

「我聽說妳被她飼養了五年？」

「差不多就是那樣，因為她在那個時候去世了啊，生病的關係。」

我好像聽見了不該聽的東西。我的臉上大概出現了這種表情吧？只見揚羽看著我的臉苦笑，繼續說道：

「那個時代啊，醫療技術不像現在這麼發達，死亡更加貼近生活。再加上那孩子是藝妓，而且還是等級比較低的那一種。身邊又沒有家人，所以最後是由我為她送終的。」

我沒想到這個話題竟會變得如此沉重。但是揚羽似乎不太在意，所以我也繼續問了下去。

「妳在找的是那個人的遺物嗎？」

「我是在找她直到最後那一刻，都還一直放在心上的那個人。」

揚羽朝手裡呼出一口氣，非常寒冷似地摩擦著雙手。

「我在找她的戀人。話是這麼說，不過從旁人眼中看來，他們大概不像一對情侶吧。因為對方同時也是她的客人，就算心意互通，但當時和現在不同，沒辦法自由戀愛。再加上那個時代又是那個樣子，所以最後就分開了。見不到他之後，原本是以精力充沛為人稱道的女孩，突然間變得鬱鬱寡歡，最後就這麼病倒了。」

揚羽淡淡地說著，彷彿這一切全都事不關己，但是她的側臉卻透露著寂寞。

「妳為什麼要找那個人呢？」

「因為她有件事一直沒能告訴對方。就這樣。」

揚羽說到這裡就住口，然後瞄了我一眼。這個話題就此告一段落。我覺得自己彷彿聽到她這麼說，她畫了一條線，叫我不要再靠近，而我也不打算繼續追問這個話題。這時，街上隨處可聞的聖誕歌曲，以及閃閃發亮的明亮景致，突然讓人覺得有點空虛起來。

幾天後，我從森島口中獲得新情報。放學之後，我立刻二話不說直接前往環小姐的店舖。由於已經用簡訊事先連絡過了，所以揚羽和蓮華都已經待在店裡，等候我的到來。

「所以呢？你朋友掌握到的情報是什麼？」

坐在暖被桌裡的揚羽先喝了一口溫暖的番茶，然後才開口。蓮華則是躺在寒冷的走廊上，看著我們互相對峙。我先調整了一下呼吸，然後說道：

「我那個朋友，叫做森島啦，這是他從他姐姐那裡問來的情報。他姐的朋友，就是去了咖啡廳之後真的實現戀情的人。他們有再次試著詢問對方，不過那個人已經不記得到底有沒有看過那兩幅畫了。」

這時，揚羽似乎有話要說，但是我制止了她，繼續說下去。

「據說她對店裡的畫幾乎沒有任何印象，但是卻有一幅畫讓她印象深刻。聽說那幅畫一直停留在她的眼中，所以她記得很清楚。那幅畫，就是放在吧檯上的那幅油畫。」

「琴子姐的畫？」

「沒錯。」我篤定地說了下去。「不覺得這樣很怪嗎？果然那幅畫還是有點問題。」

「可是洸之介也看過了，卻沒有發現任何異常不是嗎？一般來說，畫應該會動起來吧？」

「像我這種外行人是看不出來的，必須請專業人士看看才行。」

「專業人士是指……環小姐？」

我點頭表示肯定。其實很早之前，我就有這個念頭了。這個方法絕對比較快。

但是揚羽卻露出了為難的表情，不發一語。我刻意放大了音量，開口說道。

「為什麼要這麼顧慮呢？就算和馬先生的店裡沒有環小姐喜歡的東西，妳只要告訴她回家路上請她吃個漢堡，她一定會願意幫忙的呀！」

「可是……」

「像之前櫻汰和阿樹有事的時候，環小姐不也接受了他們的委託嗎？先不論阿樹，櫻汰可是要等到將來出人頭地才會報答呢。兵助先生也說環小姐的工作就像是在做義工，所以只要妳拜託她，她一定會一起過去的！」

我不厭其煩地再三強調，但是揚羽的反應依舊不變。只含含糊糊地做出一些模稜兩可的答覆，而且非常猶豫不決，一點也不像揚羽平常的風格。

為什麼她這麼不想拜託環小姐呢？

回答這個問題的人，是至今一直默默聽著我們對話的蓮華。

「不是的，洸之介。揚羽在意的其實並不是那個。」

蓮華突然開口幫腔，讓我困惑了起來。這是什麼意思？

「很久以前，環小姐曾經接過一次幫西洋畫裱框的工作，那個時候她沒什麼幹勁，而且還說這個真是麻煩。環小姐雖然擅長幫掛軸裱褙，但是卻很少幫忙裱框，所以我們猜想會不會是不拿手之類的。所以這次這件事，說不定會帶給環小姐困擾，這才是揚羽在意的地方。」

原來是這麼一回事啊。我可以接受，但是可以接受的人，似乎還有另一個。

「——原來是這樣嗎？」

隨著這句話，紙門應聲開啟，環小姐走了進來。今天的和服是深藍色搭配各種不同顏色的圓形圖案。左右兩束用緞帶固定的頭髮，讓她看起來比平常更稚嫩一些。然而她身上散發出來的氣息，卻比以往更加凜然。

揚羽沒發現環小姐就在隔壁偷聽，原本就很大的眼睛睜得更大了。看來是真的嚇了一大跳。

「其實我並不討厭裱框。只是因為我沒辦法獨自製作畫框，非得拜託兵助他們幫忙不可，那樣真的有點麻煩。因為他們也有自己的工作要忙，而這個有時又會非常耗時啊。」

環小姐有點無奈似地笑了，說道：「因為之前那是比較急的急件。」接著，她像是為了讓揚羽安心一般，輕輕摸了摸她留著烏黑秀髮的頭。

「妳明明不需要這麼在意的呀。」

「可是我一直在這裡打擾，不想再增加環小姐的困擾。而且所有事情都受到妳的照顧……」

「真是傻孩子，妳才沒有增加什麼困擾呢。」

在環小姐面前，連那個揚羽都變得像是一個普通女孩。外表看起來明明差距不大，這到底是

為什麼呢？會是年歲的差異嗎？

「所以，那間店今天有開嗎？」

「今天只有午餐時段有營業，所以就算打烊了，相信和馬哥也會在的！」

蓮華精力充沛地回答，而環小姐隨即站了起來。

「那麼，我們就去那家店看看吧。回程就麻煩妳買漢堡了，正好最近又推出了新口味呢。」

揚羽仰望著環小姐，開心地點了點頭。

咖啡廳「clatter of hoofs」的門上，掛著「close」的牌子。不過多虧揚羽已經事先連絡過了，所以門沒有上鎖，馬上就能進去。

店裡沒有半個客人。由於我只看過客滿的狀況，所以這種空蕩蕩的感覺，讓我覺得有點彆扭。和馬先生則是在吧檯後面的廚房裡作業。

「和馬哥，我們突然過來真的對不起。明明都已經打烊了……」

「沒關係啦。原本就是我提出的委託不是嗎？而且我剛剛也在準備明天的材料，現在只剩下整理工作，不必太在意啦。」

「其他人都回去了嗎？」

「阿秀還在。剛剛去倒垃圾了。」

「是嗎……和馬哥，這個人是加納環小姐。就是照顧我的人。」

「而且是我學習裱褙的師傅。」

環小姐向前踏出一步，邊說「我家的孩子承蒙您照顧了」邊深深一鞠躬。

和馬先生一看到環小姐，立刻張大了嘴巴，目不轉睛地盯著看。哎，我能理解他的心情。

「我已經從這些孩子口中聽說了大致上的狀況。那麼，那幅有問題的畫是哪一幅呢？」

「就是放在吧檯上的那幅油畫。」

我指著那幅放在固定位置的黑框油畫。

「琴子的畫？不過那不是沒有相關嗎？」

「看來似乎不是這麼一回事唷。」

環小姐拿起畫框，開始細細檢查。

然後她說出了完全出乎我們意料的話。

「嗯哼。這裡有個裂縫呢。」

有嗎？我們不約而同地看向環小姐的手。如果只是隨便看看，根本不會找到那樣的裂縫。

「因為是純黑的畫框，所以很難注意到。而且裂縫這麼小，店裡的燈光又比較昏暗。」

環小姐指出來的地方，可以看到一道小到不能再小的龜裂。的確，若不仔細看，絕對不會注意到這麼小的裂縫。因為環小姐非常專業，才有辦法注意到吧。

「為什麼這個地方會有裂縫？」

吧檯這個地方，無時無刻都會在和馬先生的視線範圍內。但是和馬先生似乎不知道裂縫出現的原因。這時，一位意想不到的人物站了出來，替和馬先生解惑。

「抱歉，和馬哥。那應該是我弄出來的。」

「秀哥？」

滿臉愧疚、畏畏縮縮地舉起手來的人，是不知何時回到店內的阿秀先生。

「我想應該是這幅畫剛放到吧檯來的時候吧。那時我忘了這裡有畫，所以不小心勾到，害它掉了下來。因為看起來沒事，我就把畫放回原本的地方，也沒有報告。真是對不起。」

阿秀先生說完後立刻低頭道歉。說到這幅畫開始朝著店內擺放的時期，正好和女性客人開始增加的時期一致。果然傳聞出現的原因就是這幅油畫。

「原來是這樣。可是，不過就是一道裂縫，為什麼會引起這種狀況呢……」

「店長先生，請問你曾經打開過這個畫框嗎？」

「不，不曾。」

環小姐甜甜一笑，興趣盎然似地說了聲「喔～」。然後她把畫翻了過來，將上面如同爪子一般的三角形固定釦轉開——據說這個東西叫做旋鈕——拿出背板。

「這是什麼……」

以麻布製成的油畫布上，畫著一小團黃色毛絨絨的東西。而且還是畫在稍微右下角的位置，不是很自然。

「這是花嗎？」

如同蓮華所說，那團黃色的東西的確有點像花。但是話說回來，它的感覺又不太像是向日葵或蒲公英。而且為什麼會畫在這種地方呢？

「不是有句話說，隱藏在內側的東西有時會意外地重要？——對吧，揚羽？」

聽到環小姐的話，我跟著看向了揚羽。這時，我發現她正瞪大了眼睛，摀著嘴巴僵在原地。

「乍看之下，這朵花的確畫在不太自然的地方。」環小姐把油畫從畫框中取了出來，像是透光觀看似地高高舉起。「它是畫在下方白馬的嘴巴附近吧？相信這幅畫的構圖應該是白馬把這朵花交給黑馬吧。原本可能打算這麼畫的，但是作者沒有這麼做。她沒有把花朵畫在正面，而是刻意畫在背面，只為了不讓任何人發現，就像是在隱藏作者的意圖呢。」

環小姐把油畫放回框中，繼續說道：

「這朵花多半是金合歡的花吧。」

身為普通高中男生的我，當然沒有任何關於花朵的知識，但是這個名字好像在哪裡聽過。到底是什麼樣的花？不管我再怎麼搜腸刮肚，都想不起來。

「金合歡的花應該有個別名，那個別名比較為人所知。」

「——含羞草……」

揚羽悄聲說了出來。

好像在哪裡聽過。記得那是這幅油畫的作者琴子小姐每次來必點的雞尾酒名稱吧？

「含羞草的花語是……不為人知的戀情。」

我這才反應過來，然後回想起來。

——因為我喜歡黑馬，而她喜歡白馬，所以才畫了兩匹上去。

難道琴子小姐是把這兩匹馬當成了自己與和馬先生，然後畫出來的嗎？而且畫出了白馬獻花給黑馬的構圖。

「這幅畫的作者，大概不打算告訴對方自己的心意吧。可能有某種不能說的理由。」

「記得琴子小姐是說過不會再回來日本，才出發去紐約吧？」

蓮華這麼一說，環小姐像是了然於心似地點頭。

「嗯哼，原來如此，原來是做出了這種覺悟啊，這就是不能說出來的理由。然而她心中還是有那麼一絲想法，希望把這份心意傳達給對方，所以才會故意把這朵含羞草的花畫在背面，把心意託付給這幅畫吧。」

我不知道琴子小姐是如何來到這間店的。起頭可能是經人介紹，也有可能只是正好經過，湊巧走進來看看也說不定。然後她偶然與和馬先生相遇，喜歡上對方。可是她的夢想是成為畫家，走出這個世界，為此一直不斷努力至今。要實現夢想，就非得要前往國外不可。一旦走了，就可能再也不會回來日本了。

這段戀情不會有結果。要是把自己的心意告訴和馬先生，只會成為他的重擔。所以琴子小姐什麼也沒說，決定讓這段戀情繼續維持在「不為人知的戀情」的狀態下，離開日本。

琴子小姐應該就這麼放棄了。心裡想著不可以洩漏這份心意，然後試圖放棄。

但是、但是——心裡還是有那麼一點點不想放棄的念頭。

希望對方知道，只要讓他知道一點點就夠了——

「這份思念一直被畫框封住。相信應該是因為偶然出現了裂縫，才讓流瀉出來的思念引發了異常的狀況吧。」

啊啊，所以那些想要實現戀情的女孩子們會說自己來到這間店之後，彷彿有人推了一把似的，獲得了動力。琴子小姐想做卻不能做的事情，這些女孩可以做到，只是她們沒有勇氣。相信她們的勇氣一定是來自於琴子小姐的思念吧。

「原來是這樣嗎……」

環小姐把油畫遞給了一直凝視著畫的和馬先生。當和馬先生接過畫時——立刻瞪大了眼睛，因為畫開始動了。

在清風徐吹的草原上，白馬輕輕依偎在黑馬身上。白馬口中，咬著的是應該畫在背面的含羞

草花。然後兩匹馬極度喜悅地嘶叫著。

近距離觀看這一幕的和馬先生，似乎並不覺得不舒服，也沒有絲毫動搖，只溫和地微笑起來。看起來真的非常開心、非常幸福。

「這幅畫的願望似乎已經達成了，但是思念並不會完全消失。放進新的畫框裡，就能封住思念。不知你的意下如何？」

環小姐一問，和馬先生立刻回答「那就麻煩妳了」。

「我想我透過這種方式知道這件事情，並不符合她的本意。所以我想尊重她原本的意思，把這幅畫恢復原狀。而且我也希望將來可以把畫繼續放在店裡，讓更多人欣賞它。」

和馬先生的表情非常開朗。一想到和馬先生知道了琴子小姐的心意，我就感到莫名高興。

「環小姐，為什麼妳會注意到畫的背面有東西呢？」

從咖啡廳回家的路上，我向環小姐提出自己惦記許久的問題。

「這個嘛，因為我聽過類似的事情啊。」

我明白這種彷彿看著遙遠遠方的表情，所以，我以為環小姐可能經歷過相同的狀況。想要傳達給某人知道，卻又不能傳達出去。充滿苦澀與哀傷的回憶。

然而她這樣緬懷過去也只在一瞬之間。環小姐像是瞬間轉換好心情一般快步走了起來。

「那麼，這條街上的速食店在哪裡呢？」

「環小姐不是這邊，是在那邊！交給我吧！這裡就像是我家的後花園啊～」

看到環小姐快要朝著相反方向前進，蓮華拉起了她的手。那雙手，可是非常冷的啊。但是環小姐卻沒有表現出一絲半點的異狀，因為同樣是妖怪，所以狀況會有所不同嗎？

我回頭看向距離一步之遙的揚羽，看到她臉上僵硬的表情，我突然想到一種可能。

「剛剛那些話，難道是在說揚羽？」

「不是說我。」

揚羽搖頭。她一邊看著前方兩人漸行漸遠的背影，一邊說了起來。

「以前有跟你說過吧？我的飼主和她的戀人的故事。那個戀人，其實是學畫的。那個人真的是個身無分文的窮學生，當初第一次來到我主人的店裡，也是陪著他的繪畫老師一起來。所以那個人光靠自己的錢，很難進到店裡來，跟我主人也只見過幾次面。

那個時代啊，年輕男子全都會被抓去當兵，他也不例外。就在出征前一天，那個人偷偷跑來見她了。天氣非常地冷，還下著雪。他只說了一句我明天要出征了，然後交給她一張畫，一張畫在正方形畫紙上的豔麗牡丹花。那個人只留了這個給她，然後前往戰地，最後戰死在國外。這還是透過某些管道輾轉聽來的消息，實際上到底是什麼時候死的、死在哪裡，都一直不清不楚。之後她也像是追隨他而去一般離開了人世。」

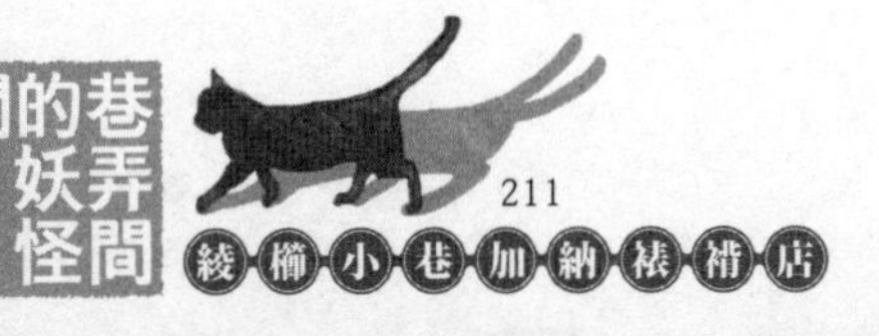

揚羽突然抬頭看向天空，我也跟著往上看。這時，空中輕輕飄下了白色的物體。是雪。只要這樣下個幾天，就會出現白色聖誕節了。我心裡這麼想著。

「就在她死前沒多久，她看著那張畫的時候突然發現背後貼著一層和紙。那層和紙下面啊，寫了一串文字。」

揚羽深深吸入一口氣。

「——雖置初霜，夜長寒，竹葉終透之而色不顯。」

那是我從沒聽過的和歌。大概是知道我沒辦法只聽一次就掌握到正確的意義，所以揚羽幫忙翻譯成白話文。

「就算竹葉因為夜晚寒冷而被霜雪凍住，它也不會因此出現顏色或變紅。意思是說不論妳在我心中占了多大地位，我大概也不會表現在臉上。後來我問環小姐，她說這是《古今和歌集》中的和歌。相信那個人一定覺得自己前往戰地之後不可能活著回來，所以才什麼都沒有說吧。不過……」

只要一點點就好，希望能夠留下些什麼。

就像琴子小姐的畫一樣，留下百般隱藏的心意後，就翩然離去。

「看到那串文字後，她哭了。邊哭邊說她也想讓對方知道自己的心意。不過人已經死了，當然是不可能實現。她總是說想要去找他，想要找到他的遺骨，然後帶回日本。所以我才想要幫她轉達她的心意，告訴那個人，你的思念已經確實傳達給她，而她也有同樣的感覺。」

「就是為了轉達這件事，妳才會一直找他嗎？」

「對。因為資料太少，所以一直不知道他到底戰死在何處。不過最近找到相關資料了，我就是為了拜託對方讓我看看，才去東京的。」

所以才會穿戴得那麼整齊，而且只化淡妝吧。我暗自表示理解。

「轉達了她的心情之後，接下來我也想向她報告一下這件事。讓她知道我找到他了，告訴她，妳的心意已經成功傳達過去了。」

「戰爭結束後，妳持續找了六十年以上嗎？」

「差不多吧。我是貓又啊，時間多得是。」

環小姐也好，阿樹也好，我知道他們的時間觀念和我們人類是天差地遠。但是一般來說，真的會持續尋找這麼久嗎？只為了尋找曾經是自己飼主的女孩的戀人。

「因為我是憑感覺做事的人，又善變，說不定哪一天膩了，就把這件事丟到一邊去呢。」

口頭上雖然這麼說，但我覺得揚羽一定不會這麼做。這只是我的直覺。

對，就是莫名有這種感覺。

「揚羽真是一個認真的人啊。」

雖然她給人的感覺是沒事就欺負取笑阿樹，或是在環小姐的店裡無所事事，但是那似乎只是

她的其中一面而已。感覺她相當遵守規矩、相當堅持道義，而且很會照顧別人。像這次為了不麻煩環小姐而保密，蓮華也曾說過揚羽只要開始上學就會乖乖去滿三年，而且還會打工。之前在和馬先生的咖啡廳裡吃東西的費用，聽說她也偷偷付清了。

揚羽對於放入自己心中的人——妖怪也一樣——非常溫柔。而那位飼主可能是更加特別的人也說不定，她一定非常喜歡她，否則絕不可能幫忙尋找她的戀人，長達六十年之久。

真正重要的東西是隱藏在內側。我突然想起環小姐的這句話。為了保護畫心，並為了讓它更加適應濕度變化而進行的托裱，雖然表面上看不見，但是對掛軸來說則是非常重要的手續。表面無法得見的內側。感覺不只是裱褙，這也可以套用在其他事物上啊。

和馬先生對琴子小姐的心意，還有揚羽對於她的飼主和其戀人的心意，以及平常總是渾身帶刺、但實際上卻非常溫柔的揚羽的心意。這些人的感情與內心，光看表面都沒有辦法看出來，有時會招來誤解，有時則會擦身而過失去交集。不過，隱藏在最內側的東西才是最重要的東西這句話，也適用在人類身上。

當我如此意會之後，揚羽露出了像是意外，也像是非常厭惡的表情。

然後開口。

「啊？你在講什麼東西？你以為哪個時代的哪個世界會有認真的貓啊？」

不不不，就在眼前啊。我把這句差點脫口而出的話硬生生地吞了回去。

剛好過了一星期之後，一個有點遲來的聖誕禮物，送到了和馬先生的手上。新製的畫框，據說是環小姐和兵助先生的合力之作。之前純黑色的畫框出現了一百八十度的大轉變，成了鮮黃色的畫框。和那朵含羞草花同樣色調，而且也非常吻合畫中氣氛，比黑色好上太多了。

至於裱框費用，除了揚羽之外，據說和馬先生也有一起支付。知道環小姐喜歡漢堡後，和馬先生還特別做了一個。裡面夾著手工漢堡肉，非常正統。漢堡聽說非常好吃，其他人也都讚不絕口，據說之後還會加進新菜單裡。

收到那幅畫之後，和馬先生好像還是放在店裡的吧檯上。而神祕現象就這麼戛然而止，女性客人好像也開始漸漸減少。阿秀先生似乎有點遺憾，不過只要假以時日，那間店應該就會恢復成和馬先生理想中的模樣了吧。

第五章

狐狸的故事

「那是什麼新遊戲嗎？」

看著暖被桌上整整齊齊地排列著各種形狀的軸頭，櫻汰首先發問。嗯，看起來的確挺像遊戲的。比方說桌遊，或是骨牌之類的。

「不是的。現在是在選擇接在掛軸上的軸頭。」

最重要的總裱工作結束後，裱褙的工作也終於進入最後的收尾。

而其中一項收尾工作就是上地桿。地桿這個東西的作用，在掛軸掛起時，是幫助向下垂吊的重物；收起的時候，則是做為軸心。基本上都是使用木棍。而裝飾在地桿兩端的東西，就是所謂的軸頭。這同樣也是決定掛軸美觀程度的重要部分，有著各式各樣的材質及形狀。

「材質的話，有象牙、紫檀、花梨木、竹子、漆器、金屬、水晶、陶器、樹脂等，總之種類很多。什麼樣的作品要使用什麼樣的軸頭，其實大部分都有規定。例如金屬軸用在佛像畫，漆器軸不會用在文人畫等等。不過這其實也和綾布一樣，只要能夠配合畫心和地桿就好。」

師傅一邊讓我看著數量眾多的軸頭，一邊對著無法做出決定的我說出這句令人絕望的話。

「此外，它們的形狀也是各有不同。不過最普遍的還是圓筒型，像這個是切軸，然後這邊這個是撥軸和渦軸。」

環小姐把兩個軸頭重重擺在我面前。被稱為撥軸的那一個，前端有逐漸變大的趨勢，看起來就像是三味線的撥弦器一樣，所以有了這個名稱。至於渦軸，形狀就像是把套圈遊戲的環層層疊疊地堆起來，感覺非常不可思議。

「其他還有利休形、倒角、宗丹形、遠州撥……種類非常繁多。」

「這也有什麼畫要用什麼形狀之類的規定嗎？」

「以格調來說，有人認為依序是渦軸、撥軸和切軸。不過這也不需要特別在意。」

只要看起來合適就好。當初環小姐說出這番話，還是正月過後，也就是上個月開學的時候。然而如今豆子和惠方卷（❖註9）都已從巷口店面前消失，改由情人節巧克力占據它們的位置。

「洸之介，你還沒決定好嗎？」

看著每天占據加納裱褙店暖被桌的我，以及桌上的軸頭，櫻汰會說出這句話實在是理所當然。未來的天狗之王，肯定任何事情都能迅速做出決定吧。所以他只是覺得很不可思議，並沒有其他惡意。和坐在走廊乘涼、嘴裡不斷偷笑的蓮華大不相同。

「洸之介，你一定是A型吧。優柔寡斷的A型。」

「什麼血型都無所謂吧。這個難道不行嗎？壓克力製的，又輕又耐用。」

❖註9：日本的正月即為一月，而撒豆與食用惠方卷的習俗則是在二月四日前後的春分舉行。

坐在暖被桌裡的揚羽拿起一個透明的軸頭。

「啊，那個亮晶晶的好漂亮！我幫你貼一點水鑽上去吧？會變得更可愛唷～」

「啊啊——請不要這樣！」

我連忙把軸頭從揚羽手中搶了過來。啊啊，真是太危險了！要是還交到蓮華手上，一定會被貼上一堆珠子或施華洛世奇水鑽，變得跟她們身邊的小東西一樣閃閃發亮，甚至會亮到刺眼。

「欸～明明很可愛的說～！」

「這是掛軸，所以不可愛也沒關係！」

嘴巴嘟得老高的蓮華，似乎對軸頭失去興趣，從包包裡拿出手機，開始玩弄起來。那手機也同樣被貼得亮晶晶，看久了連眼睛都有點刺痛起來。要是被弄成那個樣子，可不是鬧著玩的。

（不過話說回來，來到這裡的大家，也太融入現代社會了吧。）

我看著正在玩手機的揚羽和蓮華，以及正玩著掌機遊戲的櫻汰，突然有感而發。先不論櫻汰，這兩個穿得像是高中女生的人，明明都已經活了超過百年之久，還這麼徹底融入，享受著現代社會。環小姐也是如此，儘管是個年歲超過五百歲的妖狐，最喜歡的食物卻是漢堡，那也是非常驚人的適應能力。

她們不會抗拒時代的潮流。只要是好的，就會率先大量引進，但是她們並不會捨棄老東西的優點，而是一直維持下來。就像環小姐身為裱褙師的技術一般。

（這個軸頭也是一樣啊。）

古代並沒有塑膠或是壓克力材質，材質只能侷限於木頭或是陶器等。原本以為這個業界會因為自古以來的習慣，或規定就是如此等理由，拒絕接受新材質製作的物品，但似乎也沒有這一方面的問題。

不會摘除全新可能性的嫩芽，反而是大量引進看似有趣的事物，勇於挑戰，不會加以否定。這一點實在是太厲害了。

（不過，他們難道都不會回顧過去嗎……）

先不論揚羽她們，我發現自己其實並不清楚環小姐的事，至於知道的部分，大概只有她是被譽為傳說中的優秀裱褙師、曾住江戶，戰爭時搬到這個地方來、店裡是許多妖怪的集合地點、是佐伯家歷代以來的師傅、每天都穿著和服、最喜歡畫和漢堡。就這樣而已。

至今一直不太在意，所以也沒有刻意詢問，但是我知道的事情果然還是太少了。不清楚師傅狀況的徒弟？這樣難道不會有點不妥嗎？

啊啊，不過我還是可以隱約感受到一件事。那就是環小姐心中還有一件始終沒有放下的「過去」。是對方明明近在咫尺，卻沒有發現自己的事呢？還是失去了如同另一半的人呢？或者是想把自己的思念傳達給某人，卻無法傳達出去的悲戀？我不得而知。但是她偶爾會想起那件事，然後受到當時的心情影響，甚至表現在臉上。不過這一切都只是我個人的猜測而已。

「這麼說來，阿樹去哪裡了？」

揚羽一邊剝著橘子皮一邊問道。

「阿樹剛剛被兵助帶走了喔。」

「為什麼？」

「今天好像要把先前委託裱褙的掛軸送還給委託人。那個委託人阿婆很難搞，不過只要一看到年輕帥氣的男人，態度好像就會大轉變，所以就把阿樹也帶去了。」

「嗯哼。也對，畢竟那傢伙只有外表好看嘛。好看到有點浪費。」

「因為阿樹是令人感到遺憾的殘念系帥哥啊。」

「櫻汰說得好！太貼切了！慘了，超好笑的啦！」

蓮華開始捧腹大笑。看到她笑成那樣，我就突然覺得阿樹實在有點可憐啊。

「不過，我想他們應該就要回來了。」

正當櫻汰看著牆壁上的時鐘說出這句話的時候，店門口方向傳來了「我回來了～」的招呼聲和腳步聲。這就是所謂的說人人到吧。

「洸之介，你來了啊。」

率先走進和室的，是殘念系帥哥。可能是兵助先生交代過，他身上穿著一絲不苟的西裝，這麼一來，他看起來就像是普通的社會人士。相較之下，兵助先生看起來則像個勞力工作者。感覺他之所以無法獲得貴夫人的信用、被人徹底忽略，也算是情有可原。明明只要換穿稍微正式一點的服裝就行了呀。

「你還在選軸頭？快點乾脆選一選吧。這種事情越煩惱就越選不出來啊。」

「我已經徹底體會到這一點了。交貨好了嗎？」

「喔。我還順便帶了一個人過來。」

在兵助先生之後登場的人是……

「啊，是喬治耶。」

「唷！好久不見。」

只有過一面之緣的那個人，舉起一隻手笑了一下。比之前稍長的頭髮，用髮蠟抓出了完美的造型。不管是外套還是裡面的針織衫，看起來都非常時尚，完全看不出來到底是哪種妖怪。

「這麼一來就是第二次見到你了呢，少年仔。」

「你們以前見過啊？」

鑽進暖被桌的兵助先生有點訝異地說道。

「是的，以前見過一次。」

「去年秋天的時候，不是曾經為了聽阿樹吐苦水而集合過一次嗎？就是那個時候見到的，不好意思啊，那個時候酒味實在太重了。」

「不會，畢竟環小姐他們也一樣毫不遜色。」

「哈哈哈。我想也是。我回到店裡後，其他員工們也說酒味太重，還把我趕出門外呢。」

「員工？你有在某間店裡工作嗎？」

「嗯。啊，可以先給我水嗎？今天有點乾燥啊。」

最近因為過度乾燥，所以造成了流感大流行，新聞經常報導這件事。既然有在什麼店裡工作，那麼會對這個話題敏感也不是什麼奇怪的事。我走到廚房，端了一杯水回來。

「喔～謝謝你啦。」

喬治先生向我道謝，接過裝了水的杯子——然後出乎意料地朝著自己的頭倒下去。

「啊啊，得救了。今天不小心忘記帶噴霧器出來了。」

「咦咦咦咦咦！」

看到他出人意表的行動，我忍不住大叫起來。這時為我解釋的，是因為超過人數而擠不進暖被桌的阿樹。

「洸之介，喬治哥是河童啊。」

「咦？河童？」

我下意識地反問回去。他的外表實在跟河童相差太多了。「可是既沒有禿頭，頭頂上也沒有盤子啊？」

「有盤子啊。在這裡。」

喬治先生指了指自己的頭。我湊過去一看，發現那裡的確有個硬幣大小的圓形禿，而且還不是普通的圓形禿。與其說是平緩的隕石坑，就只是稍微凹下去而已，也不是不能硬說成盤子。

「回歸正題，我剛剛說的店，其實是我開的美髮沙龍。我是個美容師啊。」

「咦咦咦咦咦！」

我發出了今天第二次的喊叫。

喬治先生是這群成員中最老的老面孔，很早以前就和環小姐認識，不對，應該說是酒友吧。

「我原本就不喜歡這個國家的髮型風格。尤其是月代頭髮髻（註10），在上面抹了一層又一層的油，實在太死板了，根本一點玩心也沒有。」

他一邊喝著杯子裡剩下的水，熱切地說著自己的論點。

「另外日本女性的髮型也是。像是島田髻或丸髻（註11），感覺根本無視了每個人頭髮的個性啊。還有三七分，那實在太不自由了。我最不能忍受的就是頭髮整個硬邦邦的，一定要能夠玩

註10：江戶時代男子常見的髮型，把前額兩側至頭頂的頭髮剃掉，後面留髻。

註11：島田髻多為年輕女性或藝妓梳的髮型，丸髻則為已婚婦女結在頭頂上的橢圓形髮髻。

弄髮尾，讓髮絲輕盈到在風中飄揚才行。而且那種硬邦邦的髮型對盤子不好，要是全部露出來的話，盤子就會乾得太快；若是蓋起來，又不方便補給水分。所以我長年以來一直都在研究如何不讓盤子乾掉，而且方便整理，同時還能發揮玩心的髮型。最後我終於找到了最理想的造型！」

喬治先生驕傲地挺起胸膛。

「那就是亂抓式蓬鬆髮型！我大概是在三百年前研究出這個造型，但是當時的人完全沒辦法接受啊。」

「那種髮型，在當時只有流浪漢或乞丐才會留啊。之後明治維新，就算大家都把髮髻剃掉，也還是一樣格格不入，完全就被當成變態看待了嘛～」

揚羽半睜著眼睛，如此說道。

「我以前曾經看過路上的人把吃剩的包子施捨給喬治哥喔。」

「我聽說的是喬治哥曾經被小孩子追打，或是被人扔石頭。」

阿樹和蓮華跟著接了下去。而兵助先生則像是習以為常般，露出了無奈的表情。

「哈哈哈。那個時候盡是留下一堆苦澀的回憶呢。不過那也是因為我的感性實在太前衛，而周圍的人只是跟不上我而已。直到最近好不容易開始被人接受，我馬上就因為頂級髮型設計師風潮而瞬間變成名人。」

「這麼說來，以前也曾經登上雜誌吧。」

輕聲說出這句話的人是櫻汰。隨後喬治先生滿臉笑容地說道：

「這個時代終於追上我了啊！」

「喔……」

「少年仔也務必近期內過來光顧啊。既然是環的徒弟，我可以幫你打折。只不過距離這裡有點遠。啊啊，你有去過和馬的店對吧？就是那附近一家叫做『卡波奇歐』的美髮沙龍。」

「『卡波奇歐』！」

我不小心失聲大喊。之前好像聽說過，而且還是從森島那裡聽來的。

「你果然有聽過？哎呀，我可真是出名啊。」

「與其說是聽過，其實是我同學的姐姐好像經常去那裡。名字叫做森島。」

「啊啊，森島小姐。我認識喔。她是常客，每次都會指定我。」

這真是出乎意料的交集啊，原來這種事情還是會發生的。

「不過我馬上就沒辦法再見到她了，真可惜。啊，環呢？不在嗎？」

櫻汰立刻站起來回答「在喔」，然後跑到裡面的工作室呼喚環小姐。

目送他離去後，我再次看向喬治先生。

「請問沒辦法再見到她是什麼意思呢？」

「我已經在這個地方，用這張臉擔任美容師超過二十年了。雖然的確有些人類看起來年輕，

但是要繼續用這張臉過活，還是有限度的。像現在，沙龍裡的員工和客人都已經把我當成妖怪看待了。所以我想和環小姐討論一下搬家的事情。」

阿樹立刻詫異地發問。

「喬治哥又要搬家了嗎？這次要搬去哪裡？」

「我還沒決定。搬去哪裡好呢？」

「北方？日本海旁？雪國？雪國？」

「那是蓮華想去的地方吧？要是真的搬去那種地方，我絕對會再也見不到喬治的。」

「喬治哥，上次搬家是什麼時候來著？」

「記得是在兵助出生的時候吧。本來說要慶祝我搬新家，最後反而被環和彌助改成了慶祝新生兒誕生。這麼說來，兵助還真是長大了呢！」

「喂！都已經不是小鬼了，不要摸我的頭！」

兵助先生滿臉通紅地揮開喬治先生的手。見狀，揚羽發出了愉快的笑聲。

「對我們來說，兵助畢竟只是個孩子嘛。」

「真懷念呢。感覺好像三天前才發生似的，但是過去的時間卻已經足以讓一個人類長大成人了呢。啊啊，說到懷念，我有件事情要報告。其實那件事才是主要目的啊。」

這時，櫻汰帶著環小姐來了。她今天的和服是黑色與紅色的千鳥格紋，袖子用帶子固定著。

看來剛剛應該正在進行作業吧。

「你來了啊，喬治。」

「啊啊，打擾了。」

相對於滿臉笑容的環小姐，喬治先生突然收起了剛剛輕鬆隨意的態度，換上一副認真的表情，開口說道：

「——我找到那幅畫了，環。」

我並不討厭冬天的早晨，甚至有點喜歡，不過只限於天氣晴朗的時候。萬里無雲的晴朗天空，冰冷的空氣繃得緊緊的，只要深深吸入一口這樣的空氣，感覺昏沉沉的腦子就會清醒過來。

我看了看手錶，現在還不到約定的時間。不過他們應該很快就會到了吧，我邊想邊抬起頭來。可能是因為少了通勤與通學的人，星期天的站前廣場比平常空蕩不少。隨後圓環入口處開來一輛熟悉的廂型車，停在我的眼前，這是兵助先生的車。我跑了過去，走下駕駛座的兵助先生也舉手打了聲招呼。

「好早啊，洸之介。」

「早安。」

車門滑開，環小姐走了出來。她身上散發出來的氛圍和平常大不相同，我暗自驚訝了一下。

「洸之介，這是新幹線的車票，然後這是乘車券。來回車票都在這裡，然後還有這個。」

兵助先生把事先買好的新幹線車票連同信封交給了我，信封裡裝著好幾張一萬日圓大鈔。

「這是餐費。既然去了那裡，就順便吃個蕎麥麵再回來，另外再買些土產吧。數量可能會很多，就用宅配寄回來。畢竟東西太重，大概會拿不回來。錢是阿樹出的，不必跟他客氣。」

「好、好的。」

「那麼，等你到了那邊之後再連絡吧。會有人去接你們的。」

我點了點頭，然後對著身旁像個人偶一般沉默不語的環小姐開口：

「我們走吧，環小姐。」

環小姐抬頭看了我一眼，隨後朝著車站方向走去。我向兵助先生說聲「我們走了」之後，追在她的身後而去。

車站月台上的人也是三三兩兩，我和環小姐並肩而立，等待火車到來。雖然曾和環小姐一起搭電車出門好幾次，不過這還是第一次遠到必須搭乘新幹線。總覺得有點奇怪。

我偷偷側眼看著環小姐，然而似乎還是看得太明顯了，馬上就被環小姐發現了。

「因為有人告訴我長野很冷啊。」

環小姐像是在隱藏害羞似地淡淡說道。臉有點紅了起來。

她穿著一件畫有大片紅色梅花的白色和服，以及和服用外套。如果只有這樣，那麼就和她平常的打扮一樣。然而今天卻加了一件毛絨絨的披肩，以及同樣造型的白色毛絨絨耳罩。這應該是揚羽或蓮華幫忙準備的吧。以往一直輕輕紮起的黑色直髮，今天也多了些許捲曲。這應該是阿樹或喬治先生幫忙打理的吧。

「真是的，實在太愛操心了。」

一大早就被人玩弄著頭髮和衣服，環小姐的表情帶著些許無奈。

不過，我相信大家擔心的並不是氣溫高低。

——我找到那幅畫了。

一聽到喬治先生那句話，出現在環小姐臉上的，是我至今不曾見過、難以用言語形容的表情。驚訝、困惑，以及恐懼——諸如此類的感情交錯在一起，看起來非常軟弱。環小姐平常總是充滿著自信，永遠帶著看穿他人的謊言與不安的表情，說是可靠，其實更像一個堅強無比的人。畢竟她是活了五百年的妖狐啊。我一直以為沒有任何東西能夠讓她害怕，直到那一天為止。

「你在哪裡找到的？」

「在長野某間寺廟裡。」

雖然完全不清楚是怎麼一回事，不過我決定仿效其他成員，安靜地聽他們對話。

「是怎麼找到的？」

「是靠我的情報網吧。」

喬治先生閉起一隻眼睛，而環小姐的眼睛像是不太高興似地高高吊了起來。

「開玩笑的。我最近正在考慮搬家，於是到處尋找下一個住處。這時剛好和長野的一個朋友連絡上了，然後不小心把妳和那幅畫的事情說了出來。環應該也認識吧？就是淺河啊。結果就這麼找到了。」

喬治先生用手指滾動著暖被桌上的軸頭。

「真是的，我根本沒想到會在那個時候得到消息啊。因為這一百年來都沒找到任何線索，所以我想乾脆豁出去，把妳的事情告訴店裡的客人，但是最後還是不了了之啊。」

「把環小姐的事情告訴店裡的客人？這是什麼意思啊？喬治哥。」

阿樹發問。

「我說玉響通的綾櫛小巷裡，有個傢伙專門處理特別的畫作。任何跟幽靈或妖怪有關的問題畫作，只要拿到那邊去，那傢伙就會幫忙解決。」

嗯？我怎麼覺得自己好像聽過這段話？雖然內容不太一樣。

當我皺著眉頭沉思時，喬治先生自顧自地說了下去。

「我本來以為這個故事要是能夠傳開，之後不只這附近，全國各地的人都會把問題畫作送到這間店來，這麼一來就可以在裡面找到一些線索。就是那個嘛，所謂的物以類聚。」

「然後過程中突然變得有意思起來，所以就開始加油添醋，把整件事情說得天花亂墜，最後變得越來越誇張，對吧？」揚羽像貓一樣瞇起眼睛，一針見血地說道。「我聽說的可不只這樣，內容變成了住在這裡的大妖怪會幫忙解決所有和幽靈與妖怪有關的問題。」

「喔，揚羽也有聽說過嗎？誰叫我這個人是徹頭徹尾的表演者嘛，和客人聊天，取悅對方，也是我的技術之一啊。」

「我也在學校聽說過喔，喬治。」

「是嗎是嗎，也傳進結之丘國小了啊。」

喬治先生不斷點頭，臉上似乎帶著莫名的滿足。

「應該已經傳遍這附近所有學校了吧？而且之前還有人聽了這個故事，特地跑過來呢。」

「喔喔。原來有過這樣的人啊。」

「不是有過，是有。人就在這裡。」

揚羽邊說邊指著我。喬治先生盯著我，連續眨了好幾次眼睛之後，張開嘴巴放聲大笑。連原本不知道我是怎麼來到這裡的蓮華，也趁這個機會爆笑出聲。

「少年仔就是聽了那個傳聞才過來的？」

「是啊。而且還特地選在丑時三刻呢。」

「丑時三刻？我有說過這個嗎？」

「我聽到的版本就是那樣。」

「哎哎哎～有什麼關係！反正核心重點又沒變，這樣不是挺好的嗎？而且少年仔的煩惱最後還是成功解決了吧？結果好就好啦！」

一點也不好。要是你沒有把事情說得那麼誇張，我就會還在白天的時候過來了，也不會碰上那段令人煩惱害怕的體驗。我一邊瞪著喬治先生，一邊在心裡大肆抱怨。

「那麼，環，妳打算怎麼做？」

喬治先生收起笑容，瞬間露出嚴肅的表情，詢問環小姐的意願。這時氣氛突然變了，至今一直保持沉默的環小姐緩緩開口。

「怎麼做是指？」

「如果妳要去長野，我可以先幫妳打點一下？」

「原來如此。」

環小姐輕輕閉上眼睛——她的決定下得出乎意料地快。

「我去。」

毅然決然的一句話。

沒有人說話。不對，應該是沒有人說得出話。我想大家應該都不知道那幅畫和環小姐有什麼關係，因為雖然沒人說話，但是大家都露出非常擔心的神色。

那個時候，我才知道原來不清楚內情的人只有我一個。而我突然覺得不能放任這麼不穩定的環小姐獨自一人、不能讓她一個人去。回過神後，我自然而然地脫口說出這句話。

所有人同時看向我。那股氣勢實在恐怖，讓我有點害怕起來。其中最吃驚的人要屬環小姐。

「我也一起去。」

「洸之介？」

「如果要去長野，就要搭乘新幹線吧？環小姐自己一個人一定沒辦法轉車的。我之前也是自信滿滿地一直往前走，結果就徹底搞錯了往南和往北的月台。」

我畏畏縮縮地說完後，大家明顯露出了鬆一口氣的表情。

「說的也是，這樣也好。徒弟就是要負責照顧師傅啊！」

兵助先生用力拍了拍我的肩膀。

「對呀！不但可以幫忙拿行李，還可以買一大堆土產回來呢！」

「阿樹，長野有什麼名產？」

「大概是蕎麥麵和蘋果吧？另外還有烤餅和野澤菜。」

「我想吃蕎麥麵！要吃冷的！」

「你們兩個就順便吃點蕎麥麵再回來吧。」

「那麼，選在少年仔不必上課的時候比較好，就選星期六或星期日吧。啊，等等，我先問一下淺河。」

如此這般。我和環小姐都還來不及說話，出發的日期就這麼定了下來，車次也定了下來，然後轉眼之間就到了出發當日。

那幅在長野找到的畫，我到現在還是不知道它對環小姐有何意義。它可能跟我感覺到的、環小姐至今始終放不下的「過去」有關，但是這也僅止於我的個人推測。沒有人說起這件事，我也什麼都沒聽說。不論是在電車裡還是在新幹線列車上，我都只能默默看著車窗外飛馳而過的景色。我能做的只有這個，因為我不能厚著臉皮、毫無顧忌地干涉師傅的問題。在環小姐緊閉的嘴唇開啟之前，我只能默默等待。

長野一如預料地下著雪。雖然只下了薄薄一層，掩蓋路面，但是天空中的灰色烏雲極厚，輕飄落下的細雪完全沒有停止的跡象。說不定現在只是剛開始下，之後就會出現積雪了吧。

我和環小姐一走出車站，立刻朝著停靠計程車的站前圓環前進。

然後我們依照喬治先生的吩咐，搜尋做了記號的計程車。找到了！車頂上放著河童標誌的計程車。在那前方，站著一個身高不高、穿著制服的計程車司機。細長的眼睛，微帶斑白的頭髮，以及隱藏在頭髮之下若隱若現的盤子。就是這個人。

「恭候多時了吶。」

「你是淺河先生？」

「是的。環小姐，好久不見了，小兄弟就是小幡唄？來，請上車唄！」

在淺河先生的催促下，我們坐進了他的計程車裡。

「到天雲寺大概需要一小時左右。」

淺河先生以熟練的動作，靜靜開動車子。

車裡，環小姐依然不發一語，所以就變成只有我和淺河先生交談。淺河先生似乎是喬治先生的老朋友，交情長達三百年。我在車內聽淺河先生說了很多事，例如喬治先生的名字鷲谷喬治，其實是模仿喬治・華盛頓而來（❖註12），還有他從以前就非常喜歡西洋事物，兩人曾經一起前往長崎。當時吃的蜂蜜蛋糕有多麼美味、第一次喝啤酒時感受到的衝擊，以及最愛吃的果然還是小黃瓜，最美味的吃法是把味噌和美乃滋拌在一起沾著吃等等。

淺河先生個性非常開朗，而且健談。我們說得太開心，轉眼間就抵達了目的地。這裡的景色，和車站前迥然不同，周遭全是一片銀白的雪國光景。看來我們是從市區直接來到了深山裡。

天雲寺是一間很小很小的寺廟，淺河先生先進去請了住持出來。住持對著我和環小姐深深一鞠躬，立刻帶著我們進入正殿。淺河先生則說他想抽根菸，決定在外面等我們。

「就是這個。」

❖註12：鷲谷（Washiya）和華盛頓（Washington）發音相似。

簡單寒暄之後，住持拿出一個細長的桐箱，交給環小姐。表面沒有任何文字，但是顏色已經變得相當深，看得出是非常老舊的箱子了。

「雖然不清楚來歷，但是根據前任住持的說法，這大概是從西邊——是從京都來的。我只知道這點情報。」

環小姐緩緩打開箱子，裡面放著掛軸。她把掛軸拿出來，解開繫帶，小心地攤開。

那是一幅畫了女性身影的圖畫，是個幾乎可說是少女的年輕女性。身上穿著紅色和服的女性坐在地面上，以強烈的眼神直視著作畫者。就是一幅這樣的畫。看起來沒有任何異狀，一點也不像是沾染上強烈思念，只是一幅普通的畫。

但是看到那幅畫的瞬間，我直覺地這麼認為。

——那是環小姐。

我看到第一眼就這麼想了。雖然冷靜下來再看時，會覺得古代日本畫特有的細長眼睛和圓潤下巴與她不甚相似，但我還是直覺地認為這名女性就是環小姐。這是畫了環小姐的畫。

環小姐瞇起眼睛，以懷念的眼神凝視著這幅畫，然後輕聲細語地說道：

「好久不見了，另一個我。」

淺河先生坐在正殿入口附近，津津有味地抽著菸。我穿上鞋子，站在他的旁邊。雪還在下著，長野是不是一直都是這樣呢？另外，長野車站附近的雪積了多厚呢？新幹線應該還能正常行駛吧？應該說，今天之內還有辦法順利回家嗎？

「環小姐怎了嗎？」

「現在正在和住持說話。她說馬上就會出來，要我在外面等。」

「這還挺快的吶。那幅畫就是環小姐一直在找的畫唄？」

我點頭表示肯定。

「俺也是一眼就覺得那幅畫畫的是環小姐，所以才會馬上連絡喬治。因為曾聽他說過環小姐一直在找某幅畫啊。哎唷，真是太好了吶！」

淺河先生笑了笑，吐出白煙。

「淺河先生一直住在長野嗎？」

「從出生到現在一直住在長野唷。唯一一次離開這裡，就是和喬治一起去長崎的時候。那時真的很開心，同時也再次認識了故鄉的好啊。從那之後，俺就再也沒有離開這裡吶。」

「這裡每年都下這麼多雪嗎？」

「是呀。今年還算是比較少的唄。」

「這樣算少？不會很辛苦嗎？而且道路積雪之類的又危險。」

市區內還好，然而才稍微來到郊區，雪就積得這麼厚。尤其淺河先生又是在長野車站附近排

班工作，客人都以觀光客居多，前往郊區的機會應該也比較多吧。

「這就是所謂久居則安吶。俺都已經幹了三十幾年的計程車司機，早就習慣了吶。」

「已經做了這麼久了嗎？」

喬治先生做了二十年已經夠讓人驚訝的了，想不到淺河先生竟然比他做得更久。在人類之中混了這麼久，難道不會洩漏真實身分嗎？

「俺和喬治那傢伙不一樣，比較不在意外表嘛。平常總是一點一點地加上皺紋、增加白髮，讓自己漸漸變老吶。所以應該還可以撐個十年沒問題。」

原來可以做到這種事嗎？我感到佩服不已。如果真的像人類像到這種地步，應該不可能會露出馬腳的。

如果我是以普通乘客的身分和計程車司機淺河先生接觸，我完全不覺得自己有辦法認出他是妖怪。淺河先生也好，環小姐也好，我認識的妖怪們全都太融入人類世界了。我這麼一說，淺河先生立刻開口大笑。

「會嗎～從俺們眼中看來，世界上再也沒有比人類更遲鈍的生物啦。人類不太在意自己身旁到底有什麼生物，而且也不懂得警戒。尤其是最近的人類，人類會在意的永遠都是人類。可能以為世界上就是二分成人類和其他唄？所以才對其他生物的氣息這麼遲鈍，也不會注意到扮成人類的妖怪。哎呀呀，實在是非常奇特又有趣的生物吶。」

「……那樣相當傲慢呢。」

我稍微反省了一下。感覺淺河先生確實說得沒錯，除了那些會危害到自己的生物，我們真的不會特別多加注意。就算近在咫尺，也不會去尋找、感受其他生物的氣息。會去注意的，就只有同為人類的人。活在這個世上的生物明明就不只有人類，像鳥類、蟲類、其他動物，還有妖怪，也都同樣在這個世界上生存。

「不，俺倒覺得就某種意義來說，你們是非常幸福的一群吶。」

這時，正殿的大門打開，環小姐和住持走了出來。環小姐把那幅掛軸包了起來，抱在手中。淺河先生把香菸在攜帶式菸灰缸裡捻熄，吆喝一聲站了起來。

「那麼，俺們就走唄。」

我們在淺河先生推薦的蕎麥麵店裡吃了遲來的午餐，然後回到長野車站。

「如果要買長野的土產，車站前都買得到吶。」

我把大家想要的土產說出來後，淺河先生邊苦笑邊這麼告訴我。果然當地人就是比較可靠。

「下次再來旅行唄。長野還有很多值得一看的地方吶，俺下次帶你們去善光寺。」

住在長野數百年，想必再也找不到比他更可靠的導遊了。

「見到喬治的時候，幫俺告訴他一聲，如果想來長野的話就快點告訴俺。」

我表示自己一定會把這句話帶到，同時約好下次再來長野玩，我們就和淺河先生道別了。

我比對手錶和標示電車出發時間的電子告示板後，距離新幹線發車的時間還有十分鐘。

「環小姐，我想去那邊的土產店買點東西，那環小姐呢？」

我指著像是刻意開在我面前的土產店，詢問環小姐。

「我稍微去一下洗手間。」

「那掛軸，我來幫忙拿吧？」

一說完，環小姐隨即搖了搖頭。

「沒關係，不必了，我拿就好。別擔心，這不會很重。」

「是嗎。那麼我會在這家店等你。」

「我知道了。」

我迅速走進店裡，拿出蓮華交給自己的清單。上面用圓圓的字體寫了一長串大家想要的長野土產，而且還異常地詳盡。這應該是大家一起上網查的吧？一想到現在要開始尋找這些東西，我就覺得頭痛。哎呀？土產是這樣買的嗎？正常來說不是應該由到達當地的人自己選嗎？

「呃，總之先買信州蕎麥麵和……啥？蕎麥義大利麵？有這種東西嗎？」

我一邊喃喃自語，一邊把東西裝進購物籃。

「蘋果餅乾、果凍、起司蛋糕，還有蘋果派吧？然後是果醬。還有烤餅和野澤菜，啊，還有酒。話說怎麼全都是這麼重的東西啊！」

最後因為實在太重，提也提不動，只好聽從兵助先生的指示，用宅配寄回去了。沒關係吧？反正這是阿樹的錢，是他從貴婦人身上騙來的錢。不對，以阿樹的狀況來說應該不是騙，而是接受施捨比較正確吧。

（這麼說來，環小姐還沒有回來呢。）

和環小姐分開行動已經有好一陣子了。原本以為她應該會馬上進入店裡，卻一直沒有看到她。我想她應該不至於弄錯地點，但還是忍不住擔心。

我在宅配單上寫好環小姐店鋪的地址，然後迅速走出店外。外面的寒冷，讓我的身體忍不住一抖。看了看四周，有幾個上班族匆匆忙忙朝著車站走來，還有觀光客興高采烈地走來走去，可是就是看不到環小姐的蹤影。她該不會是迷路了吧？我有點不安地跑到車站外面。然後——

「——找到了。」

環小姐單手抱著那幅掛軸，獨自一人呆立在細雪之中。她可能已經保持這個動作好一陣子了，微捲的黑髮上積著一層薄薄的雪。

從遠方看著她的身影，我頓時被某種難以言喻的不安襲擊，突然感到害怕起來。

總覺得，環小姐好像會跟這些白雪一樣，融進這片純白的風景裡，從此消失無蹤。

我立刻跑到環小姐身邊，然後輕輕握住她虛弱無力的右手。那隻手的手指極為纖細，彷彿稍

微用力就會折斷似的。

「我們回去吧。」

環小姐抬頭看著我。長長的睫毛上也出現了積雪。

「回去吧。回到大家的身邊。」

我又說了一次。盡可能說得強而有力、字字清晰。環小姐有點生硬地點頭，這副無助的模樣，哪裡像是活了五百年的妖狐或傳說中的裱褙師？根本就是迷失方向、走投無路的小女孩啊！

新幹線起動後，看著窗外雪景的環小姐開口說了：「真是對不起啊。」我原本以為會繼續沉默不語地回家，所以嚇了一跳。

「哪裡對不起了？」

「讓你陪我一起來到這麼遠的地方。」

「不會，感覺就像是旅行一樣，讓人很開心啊。而且錢全部都是阿樹出的，淺河先生也是個有趣的人。啊，對了，那人應該不是人，是河童才對。」

環小姐眨了眨眼睛，嘴角微微揚了起來。看到這一幕，我真的鬆了一口氣。終於笑了。感覺有好一陣子沒看到環小姐的笑容。

「能找到妳一直在找的畫，真是太好了。」

「是啊。這麼一來終於可以重新替這幅畫裱褙了。」

環小姐低頭看著自己抱在手裡的掛軸。

「這幅畫啊，是我成為裱褙師之後唯一失敗的作品。」

「咦？環小姐也曾失敗過嗎？」

「那當然。那個時候，我經手過的檯面下工作並不多，而且這幅畫上又附著相當強大的思念。你剛看到這幅畫的時候，想到了什麼？」

因為沒有理由隱瞞，所以我就老實說了。

「我覺得這幅畫的模特兒是環小姐。雖然不知道為什麼。」

環小姐搖了搖頭。

「正好相反。我現在這個模樣，是根據這幅畫變出來的。這幅畫，是我師傅的女兒的畫像。好了，這該從哪裡開始說起呢？」

環小姐望著遠方，開始緩緩說了起來。

「我的故鄉是距離京都以西非常遙遠的狩野山。」

「咦？不是在江戶嗎？」

「不是喔。我原本就誕生在西邊，在一條叫做玉城川的河流附近。我在那裡住了大概一百年左右吧，那段期間，我開始會變身，於是便到處驚嚇、捉弄人類，以此取樂。但是不久後報應就

來了，再也受不了我的人類們，開始在山裡大肆搜捕，我因此離開了那座山。」

之後就這樣四處漂流，最後才抵達京都。就在那個時候，她不小心闖進了某棟大宅院。

「那是一棟又大又豪華的宅邸。我還記得當時的紅葉是一片鮮紅，房屋外廊上，坐著一個像是隱居在此的老人，他的表情實在是陰沉至極啊。而且我那時已經很久沒有機會變身，正感到全身發癢，所以打算狠狠讓他嚇得閃到腰。那個老人坐在外廊上，卻沒有看著庭院的景色，而是一邊嘆氣一邊按著眼頭望著一幅畫。至於那幅畫呢……」

「難道就是這個掛軸？」

「沒錯。我當時的想法是，要是變身成這幅畫上的少女，這個隱居老人一定會嚇一大跳。」

環小姐呵呵呵地笑了起來。

「然後如同我所預料的，老人看到我變成的少女時，的確嚇了一大跳。但是他卻不像我過去所嚇的人類，他並不害怕，也沒有一邊慘叫一邊逃跑，更沒有暈倒。那個老人啊，他笑了。他看著我，先是瞪大了眼睛，然後就欣喜若狂地笑了，簡直就像是找到了長久以來一直尋找的東西一樣。這就是……我和我的師傅建部宗由的相遇經過。」

環小姐的師傅，當時正看著他女兒的畫像。他的女兒千代，在半年前突然過世了。因為是師傅老年才得到的女兒，所以非常疼愛她。

女兒死去所帶來的打擊，讓師傅再也無心工作。他和環小姐相遇的那一天，也是一邊看著畫師朋友幫忙畫的千代的畫像，一邊睹物思人。所以理應已經死去的女兒突然出現時，他先是驚訝，然後狂喜。儘管對方可能是幽靈。

「事情出現意想不到的結果，我立刻慌了起來。總而言之，我先向他解釋自己其實是從西邊一個叫做狩野山的地方逃過來的妖狐，是為了嚇他一跳才變身成畫中的少女。結果宗由回答：『既然如此，要不要在這裡住下來呢？既然過去住在狩野山的玉城川附近，那就取名為加納環如何（註13）？』雖然是簡單無比的提案，但是我接受了。應該說，我馬上就被宗由的家人抓住，然後就出不去了。好像是因為他們希望宗由能夠繼續正常工作。」

環小姐的師傅建部宗由，是當代首屈一指的知名裱褙師。和茶道家金森宗和與小堀遠州也有私交，所以繪畫書法的裱褙與修復委託一直絡繹不絕，有時連幕府都會登門委託。

「雖然宗由和他家人告訴我，可以一直變身成千代的樣子待在大宅院裡，但是日復一日待在屋子裡，實在和我的個性不合。我剛開始是抱著打發時間的主意，才出入宗由和他的徒弟們進行作業的工作室。這麼一來，大家都像是尋開心似地教導我關於裱褙的各種技術。我也開始感興趣起來，就這麼一頭栽了進去。」

我非常了解這種感覺，相信那應該就跟現在的我所感覺到的一樣。即將踏入嶄新世界時的心

註13：狩野與加納的發音同為「かのう（Kanou）」，而玉城和環的發音同為「たまき（Tamaki）」。

跳加速，能夠接觸全新知識時的愉悅感受。

「其中又以宗由特別熱心指導我。其他人都說，他一定是覺得自己彷彿正在指導女兒一樣，所以才會如此熱衷。但是啊，我卻不這麼認為。宗由並不是在指導女兒，而是在指導長得跟女兒很像的加納環。我的確可以感受到師傅對我的愛，但是那只是師徒之愛，他並沒有把我和女兒混為一談。」

「那樣反而是件非常厲害的事吧？」

因為正常來說，已經死掉的人突然出現在眼前，一般人一定會混亂的。更別說那個人是自己曾經溺愛過的女兒。

「是啊。這應該是值得高興的事才對。可是我一直忘不了當初第一次和師傅見面時，他臉上那種欣喜若狂的表情。我希望他能再次對我露出那個表情，希望他能把當初投注在女兒身上的愛情，再一次地放在我身上。」

環小姐用力握緊拳頭。

「一旦出現這個念頭，我便開始嫉妒起千代。長相明明一樣，但是這個差異是怎麼回事？哎，這當然是理所當然的事，只不過當時的我還太年輕了。」

後來環小姐的師傅過世，他的長男繼承了家業，但是他也隨即因病去世。最後是由她師傅的孫子信忠當上建部家的下一任當家。

「就在那個時期，這幅畫開始出現了異狀。可能是因為宗由對於女兒的思念，然後我的嫉妒心又更進一步影響了它的關係吧。這幅畫雖然不像其他畫一樣突然引發某種現象，但是卻漸漸對信忠他們產生了影響。工作委託開始日漸減少，徒弟們也接二連三地求去。

這時，信忠委託我為這幅畫裱褙。因為他還不是非常熟悉檯面下的工作，所以判斷自己無法完成吧。可是我也沒辦法冷靜地進行裱褙作業，最後反而被宗由以及我自己殘留在畫中的思念所拖累。如今想起來真的很丟臉。」

最後，裱褙失敗了。

未能成功封住思念的掛軸，事後被裝進桐木箱，寄放在京都郊區的一間寺廟裡。但是那個時候已經太遲了，信忠先生無法繼續以裱褙師的身分在京都維生。這時，他說想前往江戶，而環小姐也跟著去了。

「我既沒有理由繼續待在京都，而且對江戶也頗有興趣。不過最重要的是，繼續在那間充滿了回憶的屋子裡住下去，實在是種折磨，所以我覺得這是個好機會。」

「然後妳就在江戶開店了嗎？」

「啊啊。是在我確認信忠已經可以獨當一面之後。至於和喬治、揚羽還有櫻汰的父親認識，都是在我來到江戶之後的事了。」

「原來是這樣。」

「當我在江戶街道上豎起裱褙師的招牌後，我開始萌生想要替那幅裱褙失敗的畫作重新裱褙的念頭。當時雖然立刻連絡了京都那間寺廟，但是那間寺廟不知何時已成了廢寺。當然也不可能得知畫的去向。我一直以為可能已經被丟掉，幾乎放棄一半了……」

環小姐愛憐地望著手中的掛軸。

「這幅畫啊，是我師傅的寶物，但是我卻因為自己不成熟的心而毀了它。不只如此，甚至還為師傅的家族帶來了不好的影響。我一直都很後悔，總覺得自己恩將仇報，所以我想要補償。而我現在終於找到了。這麼一來，我終於可以報答師傅他們的恩情了。終於可以、終於……」

我在電車上就先發了簡訊給兵助先生，所以抵達車站時，他已經來迎接了。

「喔，辛苦啦。動作比想像中快呢。」

「是這樣嗎？啊，關於土產，我請店家直接寄送回來，明天應該就會送到了。」

「謝啦。天已經黑了，我順便送你回去吧？」

兵助先生主動提議，但是我拒絕了。總覺得今天比較想要走路回家。

「是嗎。那你自己小心。」

兵助先生讓環小姐上車之後，表情嚴肅地對我說道「真的謝謝你」。

「你幫了我們很大的忙啊。像我們是知道事情始末的，就算跟著環一起去，大概也會太過顧忌她吧。另外快點決定軸頭然後到店裡來！」

雖然兵助先生這麼說，但是我之後有好幾天沒去環小姐的店裡。因為最近一直熱衷於製作掛軸，結果被我遺忘至今的森島逮住了。另外最重要的理由，是因為我始終無法決定軸頭。等到我終於找到可以說服自己的軸頭組合時，揚羽正好發了簡訊叫我去店裡一趟。是環小姐說有些事情要說，所以要我過去。如此這般，我終於在放學後踏進了久違的加納裱褙店。

「啊～來了來了，洸之介！」

第一個出來迎接的，是穿得比平常更單薄的蓮華。

「快點進來快點進來！」

「到底有什麼事啊？」

我被那雙凍結似的手——實際上也的確是凍結的——拉進了和室。守候已久的揚羽塞了一個小小的紙袋過來。

「來，這個給你。」

「這是什麼？」

「你這問題是認真的嗎？你以為今天是幾月幾號？當然是巧克力啊！」

「洸之介，情人節快樂！」

揚羽一副受不了的口氣，而蓮華則是以亢奮的口氣這麼說，我這才「啊」了一聲反應過來。

這麼說來，今天班上的女生的確為了那些不受歡迎的可憐男生們發了大量的義理巧克力。我腦中裝滿了揚羽發來的簡訊，徹底忘了這件事。

「洸之介，我很期待白色情人節的回禮喔。要還三倍！」

「啊，我想要唇蜜～！之後會推出春季新色啊～另外還要眼影。」

就算是義理巧克力，我也還滿開心的。但是現在開心的情緒一口氣降到了冰點，這兩個人，一定是看準了還三倍才到處分發巧克力的。

「話說回來，環小姐怎麼了嗎？」

「環小姐現在在裡面，和兵助在一起，然後還有櫻汰和阿樹。」

「大家都在裡面，還挺稀奇的呢？」

「因為那幅畫的鑲接作業結束了，所以大家都去看了吧。」

「真的嗎？」

可以看到那幅畫的新裝裱了！想到這裡，我也興沖沖地朝著工作室奔去。

工作室裡，環小姐和兵助他們都露出了嚴肅的表情，正在互相交談。

「那麼就拜託你們了，阿樹、櫻汰——哎呀，你來啦，洸之介。」

環小姐注意到我，轉頭對我微笑。啊啊，那是環小姐平常的笑容。明明只是這點小事，我卻覺得非常開心，同時鬆了一口氣。看來先前在長野看到環小姐虛弱的模樣，似乎對我造成了相當大的打擊。

「環小姐，我聽說鑲接作業已經結束了。」

「啊啊。就在這裡。」

環小姐以視線指出了方向——那幅畫，現在就放在作業台上。

只看一眼，我就忍不住屏住了呼吸。

那是一幅宛如火焰燃燒般鮮紅的裝裱，一文字是淡淡的草綠色，隔水與邊大膽使用了紅黑色的格紋，天地也是近似橘色的紅色。雖然使用了如此強烈的顏色，但是畫在畫心上的紅色和服女性，似乎也變得更加顯眼，一點也不影響畫的存在感。

「好厲害……」

那幅裝裱已經深深烙印在我眼中，它就是有著如此驚人的衝擊性。

「對吧？明明用色這麼大膽，卻一點也不覺得混亂。」

兵助先生像是把它當成自己的功勞一般得意洋洋地說道。

「之後就是總裱了吧？什麼時候可以完成呢？」

一旦進行托裱的最後一道手續總裱，就必須放置二至三個月的時間，使之乾燥。要讓它接觸一下外界的空氣，習慣濕度等環境變化。我現在就在進行這個步驟。

「總裱會做，不過在那之後馬上就會加上地桿，然後結束工作。因為這幅畫並不是為了掛出

來展示才裱褙的呀。等到軸頭也裝好之後，就要立刻拿去京都的寺廟，請人供養了。」

沒辦法看到這幅畫掛在和室壁龕裡，感覺有點遺憾，不過我現在也知道環小姐的理由，所以不會多說什麼。

「那麼，洸之介，你決定好軸頭了嗎？」

「啊啊，是的。好不容易決定了。」

我告訴環小姐自己選了哪些軸頭，環小姐隨即笑著回答「好選擇」。

「難得你好不容易決定了軸頭，不過真是不好意思，因為我有很多事情要處理，從明天開始會有一段時間不在店裡，所以這陣子無法讓人進來了。」

「我們還有揚羽她們，大家都要各自去別的地方，所以這裡不會有人喔。」

阿樹有點愧疚似地這麼說，櫻汰也點了點頭。所謂大家，就是平常出入這裡的所有人吧。

「是這樣嗎？我知道了。」

「真抱歉啊。難得你好不容易決定軸頭了。」

「不會，沒關係的。啊，長野的土產有順利寄到嗎？」

我突然想起這件事，於是問了一下。結果櫻汰立刻露出了笑容。

「寄到了喔！裡面有些保存期限快要到期的東西，所以很抱歉，我們已經先吃掉啦。」

「謝謝你啊，洸之介。」

「不會不會，反正錢是阿樹的。」

「現在還剩下蕎麥麵和蕎麥義大利麵，下次再來吃吧。阿樹會幫忙煮的。」

「咦？我嗎？」

阿樹一如往常的反應，讓我們哄堂大笑。之後，我就像平常一樣和大家一起聊著無聊的話題，像平常一樣回家。

之後過了一個星期。我依照環小姐的吩咐，沒有過去店裡，更正確來說應該是去不了。有部分原因是期末考將近，實在不是到處亂跑的時候。總之我每天都過著往返學校與家中的生活。

等到考試結束，我以豁然開朗的心情前往綾櫛小巷。來到玉響通轉進小巷的巷口處，我突然停下了腳步。轉角那間香菸舖竟然沒開，從以前到現在，我都不曾看過那間香菸舖拉下鐵門。

「阿婆會不會是感冒了啊？」

月曆上雖然已經是春天，但天氣還是很冷。即使是外表看起來像個妖怪的阿婆，只要稍微有個小病未癒，都有可能演變成大事啊。

我一邊默默祈禱阿婆平安無事，一邊走進小巷深處的木門。

「不知道環小姐回來了沒有……」

加納裱褙店沒有開。平常總是可以立刻看到水泥地的店門口，如今僅有一扇老舊的木門緊閉

著。我試著敲門，但是毫無反應。

（去京都嗎……畢竟是她和師傅的回憶之處嘛……）

以環小姐當時的口吻來看，她來到江戶之後，應該幾乎不曾回去京都吧。她可能突然懷念起來，開始到處巡迴她和師傅的回憶之地，所以才拉長了時間。而且她也沒說什麼時候會回來。

「明天再來看看吧。」

然後隔天、甚至再隔天，我都造訪了店裡。就這麼過了一星期之後，我終於開始覺得不對勁了。當初最後一次見到環小姐他們，是在二月中旬。到現在都已經過了兩個星期，可是這段期間，店門完全沒有任何曾經開啟的跡象。

除此之外，巷口的香菸舖也一樣一直沒開。這也是件怪事，如果阿婆只是感冒，現在也差不多該痊癒開店了。要是香菸舖開了，我就可以詢問阿婆關於環小姐的事了啊。

如果只是為了供養那幅畫，順便巡迴回憶之地的旅行，現在也差不多該回來了。難不成環小姐是回到她的故鄉，叫做狩野山的地方了嗎？如果她一直都沒有回去京都，現在應該也沒有可以暢聊往事的朋友了吧，而且建部一族都已經前往江戶了。啊啊，不過，如果有類似環小姐這種等級的妖怪，搞不好真的會留下來促膝長談也說不定。感覺可以聊很久的往事啊，後來發生的事情應該也多得嚇人吧。

我試著發簡訊給揚羽，詢問環小姐大概什麼時候會回來。因為環小姐沒有手機，平常總是由揚羽負責擔任聯絡人。

但是不管我怎麼等，都沒有回音。平常明明只要一發送就會立刻回覆的，可是這次一直到了隔天，手機還是沒有任何反應。

（怎麼會這樣？到底發生了什麼事？）

於是我又發簡訊給蓮華和阿樹。雖然不知道阿樹說的「別的地方」是哪裡，不過要是環小姐沒有回來，他們也會沒辦法進入店裡，所以他們一定知道環小姐回家的日期！我是這麼推論的。然而還是沒有任何回音。然後我也發了同樣的簡訊給兵助先生，回覆狀況仍然跟其他人一樣。

我在學校的每一堂下課時間，都會確認手機，只要發現沒有新訊息，就會唉聲嘆氣。為什麼所有人都不回覆呢？像揚羽還會因為我忘了回覆，或是回得有點慢而大發雷霆呢。沒有任何人回覆實在太奇怪了。我無法理解。

「大家是不是被捲入什麼事件裡了……？」

我說出了這句話，但是又覺得不可能。雖然兵助先生和阿樹看起來頗有捲入麻煩事的可能，但是其他成員一定會想辦法解決的。畢竟他們可是妖狐、貓又、雪女和天狗王子啊？這麼說來阿樹也是狸貓就是了。

「什麼？你是怎麼啦？洸之介。露出這麼嚴肅的表情。」

可能是看不下去我每節下課都在長吁短嘆，眉毛下垂、表情變得加倍沒用的森島主動跑來找

我。我抬頭看著正要把吸管插進鋁箔包的森島。

「寄給朋友們的簡訊一直沒有回覆啊，明明平常總是會立刻回覆。」

「什麼什麼？難不成是女朋友？你交女朋友了嗎？這麼快就交到也未免太讓人羨慕了吧！你這混帳～！」

「不是啦。就說是朋友們了啊！不僅是複數，裡面也有男的。」

「哼～」森島一邊咬著吸管一邊讓它發出怪聲。「你該不會是被排擠了吧？」

「那是不可能的啦。應該。而且又沒有理由。」

「那麼就剩下這個啦。他們一直沒辦法使用手機，或者是一直沒有訊號。」

「也就是說？」

我催促他說下去，而森島擺出了他覺得最帥氣的表情。

「被捲進了某種事件之類的。」

「你這傢伙，少講那種不吉利的話！」

我把森島一腳踢開。他還在旁邊叫著「明明是你自己說的～！呀～家暴啊～！」之類的東西，不過我完全不理他。就是啊，真是太不吉利了。他們可是活過了那些刀劍戰事近在身邊的動亂時代啊！在現在這種和平的時代，他們怎麼可能會發生什麼事呢。

嗯嗯嗯，沒錯。肯定是這樣。他們一定是沒注意到簡訊，或是必須解決比簡訊更加重要的事情。一定就是這樣。

然而到頭來，我每堂下課必定看著手機嘆氣的生活，還是持續了一個星期。

就連天性樂觀的森島，也開始覺得連續一星期，而且還是一群人始終沒消息有點詭異了。

「喂，一個星期會不會久了點啊？對方是你的朋友吧？」

「算是吧。」

朋友。哎，分類上的確是朋友沒錯，雖然大家都是超級老前輩了。

「你不知道他們的家在哪裡嗎？」

「家啊……」

我每次都是在環小姐的店裡和大家見面，所以真的不知道他們的生活據點在哪裡。頂多推測揚羽和櫻汰大概住在一起而已。

「另外就是他們常去的地方，或是你們共同的朋友。」

「啊啊，如果是那個的話，我大概知道。」

「那你過去看看不就得了？去問問看對方最近有沒有見到他們。啊，要我一起過去嗎？」

面對森島好奇心表露無遺的要求，我透過搶走他咬在嘴裡的鋁箔包裝果汁，然後一把丟進垃圾桶的這個動作，表達拒絕之意。「啊啊！裡面還有耶！」他似乎又在大呼小叫些什麼，不過我仍然堅定地視若無睹。

放學後，我立刻試著拜訪揚羽以前打工的咖啡廳。店裡只有幾位男性客人和一對情侶，吧檯上還放著之前那幅油畫。

「喔～洸之介同學，好久不見了！」

店長和馬先生面帶笑容迎接我，但是關於我的問題，卻沒能得到我所期待的答案。

「小揚羽和小蓮華？大概一個月左右前來過之後就……啊啊，她們在情人節的時候來過。我收下巧克力之後，就再也沒有見過她們了，而且也沒有連絡。」

我也問了另一位員工阿秀先生，但得到的答案與和馬先生大致相同。另外他還補上一句：

「白色情人節的時候必須回禮啊。可以幫忙轉告她們近期內來店裡一趟嗎？」

原本以為可以掌握到某些線索，然而不但空手而歸，甚至還被反過來拜託幫忙傳話。走出店外後，我忍不住垂下了頭。

（這麼說來，喬治先生的店好像就在這附近吧？）

印象中好像有人這麼說過，他似乎是以美容師的身分工作，說不定去到店裡就能見到人。想到這裡，我立刻用手機調查「卡波奇歐」的所在地，前往店裡。但去是去了沒錯……

「店長嗎？他今天休假。」

染著誇張粉紅色頭髮的大姐這麼告訴我。真可惜，他今天休假嗎？我重新打起精神，又問了第二個問題。

「請問他明天會來嗎？」

「不，我想他近期內應該都不會來吧。」

「咦？他明明是店長吧？」

難道喬治先生也去了別的地方嗎？

看到我這麼驚訝，大姐噗哧一聲笑了出來。

「我們還有另一位店長，而且鷲谷店長主要是負責經營，雖然偶爾會在店裡露面就是了。所以他有時候會突然消失一個月或半年左右的時間喔。」

「是這樣嗎……」

「不過他有時候也會突然回來，我可以幫忙轉告客人您來過。可以請問您的名字嗎？」

「那就麻煩了，我叫小幡。」

「小幡先生……是小幡洸之介先生嗎？」

「咦？是的。」

突然被人說中名字，我有點愣住。

「店長有交代過。他說如果您來了，就幫您打徒弟折扣。」

被店員大姐的笑容影響，我也跟著擠出笑容，不過看起來應該相當僵硬吧。話說怎麼會直接

用徒弟折扣這個詞啊？局外人根本聽不懂吧。

我對著態度親切的店員小姐致謝，最後還是一無所獲地離開「卡波奇歐」。

隔天，我的目的地是阿樹過去的結婚詐欺對象，結實小姐的店。許久不見的結實小姐還是一身有錢人的模樣，剛打完招呼，立刻發動怒濤般猛烈的話語攻勢。

「前陣子那幅屏風終於修好送回來了！真的變得好漂亮，嚇我一大跳呢。當初明明那麼破爛，現在根本找不到破損和裂痕在哪裡啊！環小姐真是個厲害的裱褙師。我真的好感動啊。」

結實小姐似乎真的很感動，只見她雙手在胸前交握，有點亢奮地這麼說道。

「那個，請問妳最近有跟阿樹連絡嗎？」

「這個啊，我和篠宮連絡是在很久以前了，最後一次應該是在送屏風回來的時候吧。記得那天應該是情人節的前一天，除了篠宮，環小姐和佐伯先生也都來了，所以我就給了大家巧克力，畢竟受過大家照顧呀。」

「妳是在環小姐面前，把巧克力交給阿樹的嗎？」

那樣的話，阿樹肯定會因為不想被誤解而導致臉色發白吧。哎，雖然大家早就知道了。

「是呀。這只是為了激勵他。啊啊，對了，我們分手之後變成朋友了唷。」

結實小姐笑咪咪地解釋著。關於這一點，我已經看過阿樹拿著酒瓶大吐苦水的樣子，所以非常清楚。那個時候也是麻煩得要死啊。一回想起來，我就忍不住苦笑。

「不過最近這一陣子都沒有連絡呢。畢竟已經不是情侶了，沒有頻繁連絡應該也沒有關係吧。啊，不過馬上就是白色情人節了呢，我還是發個簡訊給他好了。」

結實小姐一邊看著月曆，一邊好整以暇地說道。我在這裡也沒能獲得任何情報，一切都以徒勞無功收場。

隨後又隔了一個週末，我抱著最後一線的希望，氣勢十足地來到這裡。然而我的氣勢卻徹底地落空了。

「櫻汰嗎？我聽說櫻汰去了美國。」

在結之丘小學校門口，操著一口完全不像小學生似的成熟語氣，輕描淡寫地和我說話的人，是櫻汰的朋友坪山小弟。

「美國？」

我驚訝得叫了出來。周圍正要放學回家的小學生似乎被我的聲音嚇了一跳，但是我完全沒有餘力理會他們。

因為我根本沒聽說過這件事。話說為什麼是美國？櫻汰不是天狗世界的王子殿下嗎？為什麼會去國外？因為他是王子，所以需要出國留學嗎？

當我陷入思考迷宮的時候，坪山小弟相當意外似地回答。

「櫻汰的爸爸不是在美國的公司工作嗎？我聽說他好像在美國放了一個長假，所以這段時

間，櫻汰可以在那邊一起生活。」

「那大概是多久？」

「我沒問得這麼詳細。只不過因為這件事情，櫻汰會有好一段時間沒辦法來學校。」

「那傢伙打算怎麼應付白色情人節啊？馬上就要到了吧？」

站在坪山小弟旁邊的古賀小弟歪著頭說道，隨後水野小弟接著說了下去。

「因為櫻汰拿到很多情人節巧克力啊。」

「櫻汰真是受女生歡迎啊～」

三人吵吵鬧鬧地說著好羨慕、好想去美國之類的話，但是我的記憶只到此為止，之後完全心不在焉。印象中好像有和他們三個道謝，但是我不記得自己是怎麼離開小學的。等到回過神來，我才發現自己正一個人搖搖晃晃地走在站前的馬路上。我無事可做，也不知道該怎麼做，只能在熟悉的吵鬧聲當中漫無目的地走著。

櫻汰的朋友，是我最後僅存的救命稻草。除此之外，我再也沒有任何管道或方法連絡他們。為什麼我不知道兵助先生的店在哪裡？揚羽和蓮華有哪些朋友？阿樹現在的女友是誰？五十嵐先生的連絡方式？另外還有淺河先生。我什麼都不知道。儘管距離這麼近，我依然什麼都不知道。

啊啊，早知道先問清楚了就好了。詢問出更多、更詳細與大家有關的事情。

我突然注意到一塊花俏的招牌，於是停下腳步，那是我每次購買進貢品給環小姐的速食店。

入口處堂而皇之地貼著即將發售的春季新商品「櫻花糰子漢堡」的海報。到底有誰會吃那種東西呢？在碳水化合物裡夾著碳水化合物，到底想怎樣？會吃的人肯定只有環小姐吧。吃了之後一定會說普普通通，但是吃過一定還想再吃吧，她一定會叫我來買。啊啊，等到發售之後，必須記得過來買才行——

這時，我發現自己已經把新商品推出後就非買不可這件事當成理所當然，我忍不住苦笑起來。這是我成為環小姐的徒弟後一直在做的事情，如今已經是生活中的一部分了。

（不過，現在應該沒有這個必要了吧。）

因為環小姐不在了。沒錯，環小姐不在，所以沒有必要。如果環小姐就這麼不回來了，這些已經徹底習慣的思考模式，肯定也會漸漸消失吧。想到這裡，我用力搖了搖頭，總覺得這個念頭是非常恐怖的想法。

再說，老爸的畫的裱褙作業還沒有完成，那種事情肯定不可能發生的，畫現在還留在店鋪的工作室裡，最後的收尾工作還沒完成。

對，只剩下收尾工作了。

經過再三思考才決定的軸頭，我已經轉達給環小姐知道了。之後將會有四幅裝著那些軸頭的完成品畫作寄到我家——這種未來並不是不可能發生吧？

我下意識地朝著環小姐的店鋪走去。早就已經走習慣的、落日時分的玉響通。沒有招牌女郎

的香菸舖，悄然無聲的綾櫛小巷，以及今天也同樣大門深鎖的加納裱褙店。

我看向店舖屋頂。寫著像是蚯蚓爬過似的文字的店舖招牌，依然掛在上面。

我和環小姐學習裱褙技術、和大家一起吃刨冰、聽阿樹大吐苦水、在丑時三刻不小心闖進來的地方，的確就是這裡。木門開啟、門簾高掛，走進店內，就能看到店長環小姐。揚羽會取笑阿樹，蓮華和兵助先生會在旁邊起鬨，然後這時櫻汰會冷靜地吐嘈。我曾經和他們接觸過、說話過、歡笑過。

確實就是這裡沒錯，就是這個地方，應該是這裡才對。到底是為什麼呢？我突然有種錯覺，彷彿只有這個地方與世隔絕，時間完全停止。說不定這扇門從以前就沒有打開過，一直都是現在這副光景？那塊招牌上寫的字，搞不好根本不是「加納裱褙店」。畢竟那五個字是由環小姐說出來，我其實看不懂。

人類不會去在意自己身旁到底存在著什麼樣的生物。淺河先生這句話突然掠過我的腦海。事實上的確如此，我在這個地方生活了十七年，卻完全不知道這間店，以及聚集在這間店裡的妖怪們。搞不好曾經在路上擦肩而過也說不定。如果喬治先生沒有散布那個傳聞，我大概這一輩子都不會知道吧。

而現在，只不過是恢復成知道之前的狀態而已。

對，就像從夢中醒來一般。

（——全部都是夢嗎？）

大家在這間店裡相處的事、環小姐教給我的裱褙技術。不對，應該是更早之前，可能當我在丑時三刻踏進這條小巷時開始，夢境就開始了也說不定。

至於現在，我會不會就像是氣球充氣爆炸一般，一口氣醒了過來呢？

回到家後，我會不會看到完全沒有經過任何裱褙、仍然陽春的老爸的畫？然後所有至今發生過的一切都消失無蹤？

那些日子、那些歡笑、那些溫暖，所有的一切都是夢，都是虛幻，都是不存在於這個世界上的東西。

「被狐狸欺騙……就是這種感覺嗎……？」

感覺至今累積起來的某種東西，彷彿一口氣全部崩塌。

「……這樣真的超失落的啊。」

我把手放在冰冷的木門上。指尖緊抓，然而緊緊關閉的大門，依然是一動也不動。

「洸之介，我昨天有發簡訊給你，你幹嘛不回？」

突然從天而降的聲音，讓我抬起了頭。不知何時，森島已經坐上後藤同學的桌面了。我一直發著呆，所以沒注意到他過來。

「啊啊，森島啊。」

「啊什麼啊！我可是等了你一整晚耶！」

他就像是煩人的女友一樣大呼小叫。我昨天有收到簡訊嗎？心裡雖然這麼想，但我還是無奈地從書包裡拿出手機。正準備操作的時候，發現畫面一直都是黑的，沒有任何反應。看來應該是在不知不覺當中沒電了。

「抱歉，我手機死了。」

因為我沒有帶充電器，所以一點辦法也沒有。我把變身成普通四方形物體的手機重新放回書包，開口詢問森島。

「所以你找我做什麼？」

「告訴我數學講義第一題、第二題、第三題和第四題的答案。」

「那種東西自己去想。」

「我覺得我今天一定會被點到。今天是十六號吧？坐在我前面的立花同學座號就是十六號吧？一定會被點到的！我這排一定會被點到！」

這種事情誰管你啊。我繼續無視森島，視線朝著窗外移動。因為結霜，窗戶一片模糊，看不清楚外面的景色，不過校園裡左右晃動的樹枝，正好訴說著北風的強勁，光看都覺得冷。月曆上明明已經是春天了，氣溫卻完全不見回暖。

看到我又開始發呆，森島垂下他的八字眉，歪著頭問我：
「欸，你這兩、三天是不是怪怪的？」
我什麼也無法回答。
從我最後一次前往加納裱褙店的那一天開始，我就像是胸口開了一個大洞似的，承受著巨大的失落感，不管做什麼事情都提不起勁，只要回過神來就會發現自己在發呆。放學便直接回家，然後默默做著過去堆積的家事，過著像是從畫裡走出來的優等生下課後的生活。之前還會和森島一起到處逛逛，很少直接回家，所以連媽媽都驚訝地問我：「你到底發生了什麼事？」哎，說的也是。以前一直堆著不願處理的家事，現在卻是率先處理完畢。別人當然會覺得奇怪啊。
森島似乎從我的沉默當中察覺到某些東西，在桌上扭來扭去一陣子之後，換了一個話題。
「這麼說來，你之前說沒有回覆的那些朋友，有連絡上了嗎？」
「算了啦，那個。」
「啊？」
「……算了。別再管了。」
我一邊凝視著窗外，一邊輕聲這麼說道。
那是一場夢。
只是一場夢而已。所以這樣應該足夠了吧。

「喂，森島！你不要隨便坐在別人的桌上啦！」

這時，坐在我前面的後藤同學大聲叫了起來。看到她逐漸逼近過來，森島像是非常害怕似地縮了縮身體。

「另外，白色情人節沒有回禮的人，就只剩下你一個人了喔！」

「咦？那洸之介呢？」

「小幡同學在白色情人節當天就給了！」

「你、你這叛徒！」

要是在這個日子忘了回禮，到底會發生什麼樣的事情，我再清楚不過了。因為小時候就曾經因為徹底忘了白色情人節，而被媽媽整個半死。看著在白色情人節之前就把零用錢花光，以致於什麼也做不了的森島，我嗤之以鼻。

「啊，對了。」後藤同學一邊掐著森島的脖子，一邊回頭看向我說道：

「昨天放學後，有其他學校的女生過來找小幡同學喔。」

「咦？」

「是兩個人，打扮有點誇張，不過挺可愛的。」

穿著其他學校制服，打扮有點誇張的兩個女生——腦中浮現出那兩個人的身影，但是我瞬間揮開這個念頭。這是不可能的。

「會不會是找錯人了?」

「她們是直接問了小幡洸之介同學在不在,是全名呀,所以應該不會找錯人吧?啊,等一下!別想逃,森島!」

我默默地看著他們兩人離開教室的背影。

這是什麼狀況?

聽了後藤同學的話之後,這件事情就一直離不開我的腦子。

這是不可能的,因為她們只是一場夢啊。不對,可是說到其他學校的兩個女生,唯一符合的就只有她們。我不斷反覆著相同的自問自答。

等我回過神來,我已經走在車站前的馬路上了,看來是在離開學校後下意識地來到這裡。我一停下腳步,走在後面的學生們立刻滿臉不高興地繞過我而去。前方傳來了腳踏車的鈴聲,我被迫移動到馬路邊緣。

(——啊,這是。)

那個色彩繽紛的廣告進入我的視角。

(原來是今天開賣啊。)

貼在店舖牆壁上的廣告,寫著「櫻花糰子漢堡,本日發售」。果然不管看到多少次,我都沒

有任何想吃的慾望。

當我一直看著廣告時，速食店的自動門叮咚一聲敞開，裡面似乎有人正要走出來。

這些準備離開店的客人當中，到底有多少人點了這個不可思議的新商品呢？我是一定不會買的。外觀應該相當詭異，味道更是連想都沒辦法想像，甚至不曉得它到底會是甜的還是鹹的。但不管是甜是鹹，感覺應該都不好吃。

「像這種東西，要是不實際買來吃吃看，根本就沒辦法知道到底好不好吃啊。」

……嗯？

…………嗯？

我突然聽見有點耳熟的聲音。

「店家一定是覺得好吃才拿出來賣的吧？」

「可是再怎麼說，這次的實在是……」

再加上彷彿在哪裡聽過的對話模式。

我朝著聲音傳來的方向看去，頓時啞口無言。

「環、環、環小姐？」

站在速食店門口的，是一名身穿淡綠色流水花紋的和服，留著一頭黑髮的女性——是環小姐。她手中小心翼翼地抱著速食店紙袋。

「阿樹也在……」

環小姐身後，還可以看見抱著更大紙袋的阿樹。

兩人以訝異的表情看著我。

「哎呀，洸之介。」

環小姐甜甜一笑。那張臉，還有那股氣質，正是我記憶當中的她。我開始覺得混亂起來，臉部僵硬。為什麼妳會在這裡？妳到底在做什麼？明明有一大堆問題想問，卻沒辦法順利說出口。

「為什麼……」

「為什麼？因為新商品都開賣了，卻沒有人願意幫忙買回來，所以我只好自己過來買呀。」

「不，不是那個意思……」

難道這不是夢？這到底是怎麼回事？應該不是幻覺吧？難道我就這麼站著作起夢來了嗎？

環小姐有點訝異地歪著頭，問說：「那麼到底是哪個意思？」明明已經一個月沒見，但是卻絕口不提，彷彿昨天剛見過面似的口吻。這也未免太任性了吧。

「環小姐說她無論如何都想在今天吃到，所以就過來買了。因為不管再怎麼打，洸之介的手機都打不通啊。」

「啊，對不起。我忘記幫手機充電了。」

「原來如此。那你見到揚羽和蓮華了嗎？」

「不，還沒見到。」

這麼一答，阿樹和環小姐立刻對看了一眼。阿樹臉上露出高度同情似的表情，繼續說道：

「那麼，你最好快點跟她們連絡喔，不然的話會很淒慘的。」

「啊？」

我沒能理解阿樹這句話的意思，正歪著頭疑惑的時候。

「啊啊啊啊！找到了！洸之介！」

身後突然傳來一陣快要刺破耳膜的尖銳喊聲。我戰戰兢兢地回頭，眼前立刻出現兩個身穿制服，打扮有點誇張的高中女生二人組。她們的表情沒有絲毫平靜，眉毛直豎，嘴巴緊緊抿成一條線。若要簡單形容她們兩人，那就是恐怖。幾乎讓人忍不住退避三舍。

「終於找到你了！我們找你好久了！」

「喂，你為什麼不回簡訊啊！電話也打不通！」

「呃，那個，對不起。我忘了充電，手機已經死了。」

「咦咦~？就因為這個理由？真是，害我超擔心的！」

「昨天和今天甚至還跑去學校找你，結果他們都說你已經回去了。你到底是多早回家啊！」

「那個，對不起。」

後藤同學說的果然就是她們兩個。

一想到她們這麼拚命地找著自己，就覺得有點難為情。
然而，這是我太天真了。實在太太太天真了。
「真是，白色情人節都過了啦！」
「十四號那天，我們一直在環小姐店裡等你耶，可是洸之介都沒有來～！」
「絕對不允許拿了巧克力不回禮啊！」
「還三倍、還三倍！」
我陷入了根本沒資格嘲笑森島的窘境。不對，因為在室外，所以更淒慘。看在旁人眼中，這個被兩個女孩包圍逼問的狀況，大概會被認為是三角關係發展到最後，變成一團混亂的樣子吧。兩人的高分貝音量，加上傍晚這個時段車站前的人潮增加，聽到她們聲音的人紛紛圍了過來，詢問到底發生什麼事。
我用眼神向阿樹求救，可是他似乎也不知道該怎麼做，只會手足無措地站在原地。現在根本無法期待來自外圍的掩護射擊，我只能靠自己想辦法了。
「總、總之妳們先冷靜一點。」
「什麼？想逃嗎？」
「不會讓你逃跑的！」
我雖然試著安撫她們，但是才一開口，她們兩人的氣勢就像是火上加油一般越飆越高。啊

啊，再這樣下去，我就會徹底變成被兩個女孩責備的丟臉男人了。
環小姐尖銳的聲音飛了過來，兩人的動作瞬間停止。
「妳們兩個。」
「總而言之先回店裡吧。」
兩人抓著我的手臂的力道總算漸漸減弱。真不愧是師傅！我在心中暗自感謝。
但是下一句話：「漢堡就要冷掉了。」馬上讓我全身虛脫。果然環小姐就是環小姐啊。

走在前往加納裱褙店的路上，環小姐他們開始解釋這一個月不在家的理由。
「我是為了把店裡的綾布啊，全部出讓或是賣給認識的裱褙師們才出門的。」
「是在京都的人嗎？」
我只聽說她為了供養那幅紅色掛軸，決定前往師傅的故鄉而已，所以我才這麼問。然而環小姐卻搖了搖頭。
「京都也有去，之後又走遍全國各地。你也知道店裡有千種以上的綾布吧？那全部都是為了幫千代的畫裱褙才蒐集來的，現在那個目的已經達成了。我一年只會接幾件裱褙委託，若是讓那些高價的綾布變成櫃子裡的肥料，不覺得太浪費了嗎？」
「那件事情我們也有幫忙。因為綾布量太多，又重又辛苦，而環小姐認識的人不是住在山裡，就是住在鄉下，所以我們是讓所有人分頭進行，前往全國各個不同地方啊。」
阿樹說的所有人，指的應該是在店裡出入的大家吧。
「不過櫻汰太小了，沒有帶他一起去。」
「沒帶他去是正確的啊。當初在山陰那裡還因為下大雪而動彈不得，真的超辛苦的。」
「咦～我倒是很開心呀！」
「那只有蓮華才會開心吧！」
兩人在我身後進行著一如往常的對話，但是她們的視線卻是死死地釘在我身上，彷彿說著「你別想逃」似的。
「你們是什麼時候回來店裡的呢？」
「記得應該是十三號吧。」
聽到環小姐的回答，阿樹點頭同意。
「沒錯沒錯，因為揚羽她們說無論如何都要在十四號之前回去，才急急忙忙地趕回來。」
「可是洸之介卻沒有來～！」
「難得我們這麼努力。」
「因為我不知道你們回來了呀。應該說，我根本沒聽說你們要離開這麼久，完全不知道你們什麼時候才會回來啊！」

「哎呀？我沒有說嗎？」

因為回答的口氣實在太悠哉了，所以我不由自主地反駁：「我完全沒聽說！」至於阿樹、揚羽、蓮華他們的反應也都和環小姐差不多，所以我想他們和我的時間的流速快慢，應該完全不同。哎，畢竟年紀差了一位數之多，大概就是這麼一回事吧。

我們走在人煙稀少的玉響通上，綾櫛小巷入口的香菸舖，今天也沒有開張。

「香菸舖的阿婆是怎麼了？」

「啊啊，她啊。」阿樹將紙袋重新抱好，然後回答：「她來幫忙我們整理綾布，結果因為太認真，不小心閃到腰了，只要稍微靜養一陣子就會痊癒，不必擔心。除了腰之外沒有任何異狀，應該說以她這個年紀，實在是太有精神了一點。」

跟在環小姐身後，我也走上了狹窄的小巷。穿過不遠處的木門後，我站定不動。

「……門是開著。」

大大敞開的店門，門簾掛在屋簷上，隨風搖盪。橘色的夕陽照進店裡面的水泥地上——和以前一模一樣的加納裱褙店，就在眼前。

「我拜託兵助他們看店了。」

跟隨著環小姐的腳步，阿樹他們紛紛追過了我，逐漸靠近店舖。

可能是覺得我站著不動很奇怪吧，揚羽回過頭來說道：「欸，洸之介，你在做什麼啊？」

但是，我的腳就像是被縫在地面上一樣，完全無法動彈。

這時，可能是聽到我們的聲音了吧，櫻汰從店裡跑了出來。

「啊，洸之介！」

櫻汰大叫，隨後兵助先生和喬治先生也都走了出來。

「喔，真的呢。你終於被揚羽她們逮到了嗎？」

「真是同情你啊。要是能在十四號連絡上的話，至少傷勢還不會太嚴重。」

「洸之介說他一直忘記幫手機充電。」

揚羽這麼一說，兩人立刻笑了出來，說道：「哪有這種理由啊！」

「兵助也沒資格笑別人吧？明明就把手機弄壞了。」

「那是因為被蓮華弄掉在水裡的關係吧！」

「咦~我以為它可以防水嘛。兵助不也是把我們寄放在你那裡的充電器搞丟了嗎？」

「別把責任轉嫁給我！自己的東西自己保管！」

揚羽、蓮華和兵助先生正在大吵大鬧時，另一方面，喬治先生也很難得地被阿樹取笑了。

「喬治哥是把手機放在家裡，根本忘了帶出來吧？手機沒有帶在手邊，就沒意義了吧？」

「啊哈哈。不過忘了帶充電器的阿樹，也沒什麼資格講別人吧？」

「……鄉下地方真的什麼都沒有呢。別說手機店了，想不到竟然連便利商店都沒有……」

「而且還收不到訊號！」

「整個行程也像是急行軍一樣。」

看著不斷點頭的大家，表情當中多少可以看出一些疲憊，看來他們的行程是遠遠超乎我想像的超密集行程。

「這麼說來，洸之介，你有傳簡訊給我們吧？哎，因為種種原因，導致沒人回覆就是了。」

揚羽突然單刀直入地發問了。所有人的視線瞬間集中在我身上，讓我非常驚慌。

「那封簡訊是在說什麼呀？」

那是在眾多誤會之下，造成我想得太嚴重，最後送出去的玩意。現在實在沒有比這更難說出口的話了。

「不，沒什麼。反正不是什麼大不了的事……」

我試圖含糊地帶過去，但是大家的視線卻一直刺在我身上，讓人坐立難安。

「真的沒有什麼！請不要再在意了。」

「可是，你就是因為有什麼事，才會傳簡訊吧？」

被櫻汰不帶任何陰影的天真眼神注視，我實在無法抵抗他那驚人的耀眼光輝，只好吞吞吐吐地回答。

「因為店鋪遲遲沒有開門，所以我有點擔心。」

「真是對不起啊，要是有事先告訴你就好了。」

環小姐有些內疚似地苦笑。

「雖然傳了簡訊，但是沒有人回覆。」

「抱歉！那是我們的錯，已經有在反省了。」

阿樹一邊抓著頭一邊道歉。

「除了這個地方，我完全不知道大家在做些什麼，所以我去了和馬先生和結實小姐那裡打聽，但是他們好像也不清楚。」

「我什麼都沒跟和馬哥說呀。」

「結實小姐，那是阿樹的前女友吧？還在交往的話也就算了，既然都分手了，那麼當然不需要告訴她吧。」

蓮華和揚羽互相看了一眼。

「就算去了喬治先生的店，但是對方告訴我喬治先生雖然是店長卻是一直休息。」

「哈哈哈。因為我只是個掛名店長啊。」

喬治先生毫不愧疚地咧嘴大笑。

「而且我也不知道兵助先生的店在哪裡。」

「哎呀？我沒講過嗎？」

兵助先生有點尷尬地回答。

「最後我還問了櫻汰的朋友，結果他們告訴我櫻汰去了美國。」

「環小姐他們不在的時候，我回去父親那裡了。不過我當然不能直接把這件事講出來，所以就用美國這個地點了。」

這麼回答的櫻汰，看起來非常幸福。能和睽違已久的父親一起生活，相信他非常高興吧！

「我想了很多，最後開始擔心是不是從此之後再也沒有機會見面……」

至於我太早做出這一切都是夢的判斷，因為實在太丟臉了，根本說不出口。不過那真的是很恐怖。我從來沒想過失去理所當然的日常生活，竟然是這麼恐怖的一件事。

我低下頭來，開始反覆咀嚼著之前發生的事。這時，突然有個聲音像是打斷我的思緒一般飛了過來。

「──你在說什麼傻話呀。」

我隨即抬頭，發現環小姐正打從心底受不了似地注視著我。

「下個月還會繼續開賣新口味的漢堡吧？我都已經收了裱褙課的學費了，怎麼可能會突然消失呢？」

環小姐非常非常認真地這麼說，而蓮華和揚羽也表示同意。

「就是說啊就是說啊！所以，快把白色情人節的回禮交出來！」

「絕不允許拿了巧克力就跑！」

揚羽伸手用力指了我一下。隨後阿樹、兵助先生和喬治先生也跟著說道：

「而且上次的長野土產還有剩，不是約好了大家一起吃蕎麥麵嗎？」

「這次也有帶土產回來喔～！再過不久就會有冷藏宅配的包裏寄來了。」

「聽說你和淺河約好要去長野玩吧，他可是很期待的喔。當然也要來我的店啦。」

「還有，我們不是約好，等春天來了再一起去賞花嗎？洸之介。」

你忘了嗎？櫻汰有點不滿似地質問我。我並沒有忘，我還記得很清楚。但是我沒辦法告訴櫻汰，這世上有所謂社交辭令這種東西。

環小姐朝著我跨出一步。

「最重要的是，你的掛軸還沒有完成吧？我是絕對不會把教到一半的徒弟丟下的，而且我也很期待那四幅掛軸完成啊。」

環小姐凝視著我，甜甜一笑。

那是把我心中所想的一切全部看穿的笑容。彷彿對我說著，她那雙大眼睛，早就看穿我心中所有的不安和恐懼，掩飾是沒有用的。那是讓人能夠安心下來的，環小姐的笑容。

這時，至今一直僵硬不堪的肩膀突然變輕了，我想我的表情應該也變得溫和起來。兵助先生像是為了改變現場氣氛一般，用力拍了拍阿樹的後背。

「總而言之，我們先來吃蕎麥麵吧，蕎麥麵。阿樹，拜託你煮了。」

「可以是可以，為什麼是我？」

「話說今天喬治在，就讓喬治來吧。因為他比較會做菜，要是讓阿樹煮，總覺得會煮過頭，然後變得軟軟爛爛的。」

「喔喔，可以啊。那我可以放小黃瓜進去嗎？」

「那不就變成中華涼麵嗎？」

「中華涼麵風蕎麥麵。不錯吧？」

「這個好～！感覺加冰塊一起吃應該很棒！」

「不好。我想吃熱的！」

「那麼，就要同時做冷的麵跟熱的麵了。」

「隨便哪個都好，快點進去吧。還有之前買來的酒，要開來喝囉。」

大家你一言我一語地開心說著話，接二連三地走進店裡。當我注視著他們時，一隻白皙的手朝著我伸來。

「來，走吧，洸之介。」

我點了點頭，握住那隻手，那是彷彿輕鬆就能折斷的纖細手指。不過，和當時在雪中接觸到的感覺完全不同，那隻手非常地溫暖。光憑這一點，我就感到安心了。

「太好了，我並沒有被狐狸欺騙。」

當我這麼一說，環小姐先是愣了一下，然後立刻笑了出來。

「真要騙人的時候，我會做得更盛大，才不會是這點小事呢。」

意料之外的回答，讓我也跟著大笑，同時也有一股預感。

老爸的掛軸就快完成了。在那之前，我得先把白色情人節的回禮買好。然後再依照約定，大家一起賞花，這次我不會再次擅闖，而是正大光明地參加充滿妖怪的夜市，然後大鬧一番。

就這樣，四季不斷更迭，就算我變成了大人，我和他們的連繫也是不會斷的。不管過了幾年，我都會帶著名為漢堡的上等進貢品，穿過玉響通綾櫛小巷裡的加納裱褙店門簾。

為了和環小姐，以及這裡的大家見面。

將來也永遠不變。

後記

出現了裱褙以及不太一樣的妖怪，有點不可思議的故事，不知道您是否看得開心呢？如果看得很開心，那就太好了。啊，初次見面，我是作者行田尚希。

裱褙，可能是個有點陌生的詞。如果能以這個故事為契機，讓各位知道還有這個世界存在，那就是我最大的幸福。

若是能用小說來表現裱褙的世界就好。我是基於這個想法才開始寫這個故事，但是裱褙的世界真的太深奧，我也曾經後悔地想著：「我怎麼會這麼不知好歹，對這種東西出手呢？」等到最後好不容易完成，又因為超過徵稿字數，時間也快要來不及，甚至還因為自己在截稿日前排了旅行，所以只好在旅遊地點進行刪減作業。如今這些都已經變成了美好的回憶。雖然周遭的人大概都在想：「那個亞洲人到底是在拚命做什麼啊？」這個嘛，就是那個呀，所謂出門在外不需要羞恥心。請各位就這麼想吧。

這部經過一波三折才好不容易完成的作品能夠獲獎，我真的是非常幸運。這一切都是多虧了注意到拙作的評審委員，以及與評審事宜相關的各位的賞識。此外，真的帶了許多麻煩給您的黑崎責任編輯、校對編輯，以及協助本書完成的各位，在此獻上我由衷的謝意。

同時我也要向偷偷守護著我的家人和朋友們致謝。尤其是至今一直閱讀著我的作品、學生時代的學長姐夫婦，以及隨時都願意傾聽我抱怨的會長，我再怎麼感謝也表達不完我的謝意。如果沒有你們，我一定沒有辦法繼續堅持寫小說。真的非常感謝你們！

最後的感謝，要獻給拿起這本書的各位讀者們。謝謝您！

那麼，希望我們能在下一個故事再次相會。

行田尚希

❖**《裱褙解說》**山本元著　宇佐美直八監修（芸艸堂）

❖**《NHK美之壺　裱褙》**NHK「美之壺」製作班編（NHK出版）

❖**《NHK美之壺　屏風》**NHK「美之壺」製作班編（NHK出版）

❖**《古今和歌集　日本古典文學全集７》**小澤正夫校註（小學館）

國家圖書館出版品預行編目資料

巷弄間的妖怪們：綾櫛小巷加納裱褙店／
行田尚希作；江宓蓁譯.
--初版. --臺北市：臺灣角川, 2014.12
面；　公分. --（輕・文學）
譯自：路地裏のあやかしたち：綾櫛横丁加
納表具店
ISBN　978-986-366-264-8（平裝）

861.57　　　　　　103021487

巷弄間的妖怪們 綾櫛小巷加納裱褙店

原著名＊路地裏のあやかしたち　綾櫛横丁加納表具店

作　　者＊行田尚希
插　　畫＊舟岡
譯　　者＊江宓蓁

2014年12月5日　初版第1刷發行

發 行 人＊加藤寬之
總　　監＊施性吉
主　　編＊李維莉
文字編輯＊張秀羽
資深設計指導＊黃珮君
設計指導＊許景舜
印　　務＊李明修（主任）、張加恩、黎宇凡、張則蝶

發 行 所＊台灣角川股份有限公司
地　　址＊105台北市光復北路11巷44號5樓
電　　話＊（02）2747-2433
傳　　真＊（02）2747-2558
網　　址＊http://www.kadokawa.com.tw
劃撥帳戶＊台灣角川股份有限公司
劃撥帳號＊19487412
製　　版＊尚騰製版印刷有限公司
I S B N＊978-986-366-264-8

香港代理
香港角川有限公司
地　　址＊香港新界葵涌興芳路223號新都會廣場第2座17樓1701-02A室
電　　話＊（852）3653-2888

法律顧問＊寰瀛法律事務所